岩 波 文 庫

32-229-4

ボズのスケッチ

短篇小説篇(上)

ディケンズ作
藤 岡 啓 介 訳

岩 波 書 店

Dickens

SKETCHES BY BOZ

1836

目　次

挿絵＝ジョージ・クルークシャンク

著者序文

――『ボズのスケッチ』第一集、[*] 初版によせて

測風気球を打ち上げるときは、それがどの地であっても、気球が狙い通りに気流に乗るのを信じ、観測の目的を果たすのを願って、周到な準備をしてコースを決めています。著者は、この気球打ち上げ前の慎重にして果敢な操縦者の心構えを及ばずながら我がものとして、心を込めて本書を世に送り出そうとしています。この思いは、本書の出版者にしてもまったく同様で、無事気流を捉えるよう切望しています。

測風気球ではゴンドラを吊るしていない場合がほとんどですが、本書はこれと違って、著者自身が乗り込むだけでなく、名声が得られんことを、成功の機会が与えられんことをと願う、著者の願望のすべてを併せてゴンドラに積み込むことができます。とはいえ、気球のように、この書物というきわめて頼りない乗り物に、同乗者もなく一人で乗り込み危険な飛行をするのは、考えただけでもそら恐ろしいことです。著者は当然のことな

がら、だれか人の助けを借り、同乗者になってもらい、いくらかでも安心ができればと願いました。同乗者はこれまでに似たような試みで、ご自身が勝ち得ている名声を少しも汚《けが》すことなく、数多くの成功を生み出していることで知られた人物でなければなりません。こうした厳しい条件を満たしているのはだれか？　ジョージ・クルークシャンク氏をおいて他にだれがいるでしょうか？　この願いはすぐさま聞き届けられ、同乗を快く承諾していただきました。この二人がいっしょに気球に乗るのは初めてですが、けっしてこれが最後ではないでしょう。

季節が変わるごとに、何百冊と世に現れている書物の群れに本書が仲間入りをするには、若干咎められるべき筋があろうかと思いますが、著者としては、ここに収めた作品のいくつかが異なった定期刊行物に掲げられたものであることを述べて、謹んで識者のご理解、ご寛恕を乞う次第です。執筆の目的は、ささやかながらも、わたしたちの日常的な生活と風習をありのまま描いたスケッチを供することにあります。本書に収載した作品のすべてに、読者諸賢の好意が寄せられんことを請い願う次第です。本書が世に認められることになるならば、著者はいよいよ力を得て、さらなる規模にてこの試みを続けていくことになりましょう。

ファーニヴァルズ・イン

一八三六年二月

＊『ボズのスケッチ』は、一八三六年二月に第一集が二巻本で出版され、同年十二月に第二集が出版された。――訳者

著者序文

――『ボズのスケッチ』第二集、初版によせて

もしも「簡潔こそは知恵あることの顕《あらわ》れ＊」というならば、「序文」こそ、とくにそうあらなくてはなりますまい。なぜなら、まず第一に、序文を読もうとされる方々は、警句がちりばめられた簡潔な文章を、食事前のお祈りのように好んで読むものだし、第二には、千人の読者のうち、九九九人が序文などまったく読まないのですから。

本書に収められた数篇のスケッチは、先の「第一集」が発行される以前に書かれていたもので、他はその後に機会を得て書いたものであります。前作同様に、温かい好意が寄せられますよう、ここに衷心より請い願うものであります。同じペンによる先行せる作品同様に広く歓迎され、それなりの評価が得られますよう、願っています。

本書がクリスマスの贈り物として、読者諸賢のもとに慎ましやかなるノックで訪れることができるものであれば、著者にとって望外な喜びでありますが、さて、次なる会話

をどのようにお読みいただけるでしょうか。お定《さだ》まりの慈善学校の子供たちと女中さんとの会話をもじったものでありますが。

出版者（著者に向かって）――あんたがノックしなさいよ。

著者（出版者に向かって）――いや、あなたにお願いしますよ。（ここで出版者はノッカーを握り、力を込めてドアをコツコツと叩く）

読者（疑わしげにドアを少し開いて）――あら、何の用なの？

出版者――いかがでしょう、クリスマスの贈り物をご覧になっていただけませんか。わたしと、ここにいるもう一人で、二人で作ったものなんです。

読者――いらないわ！　この時期になると、同じようなノックを何回も聞かされているのよ、もうたくさん。こうしてドアを開けるのもうんざりしているのよ。もう帰ってちょうだい。

出版者（ドアを押さえながら）――ひと目でいいから見てくださいよ。挿絵がいいでしょう。でも挿絵の他は、みんなこの男が書いたんですよ。いうまでもなくとてつもなく面白いですよ。（このあたりから読者の威勢が少しずつ収まって、このクリスマス向きの本を手に取った。出版者は深々とお辞儀をして退散）——一方著者はすぐにはこの場を離れず、心を込めて昔からのしきたりにかなった挨拶を述べた。親愛なる読者の皆さん、メリークリスマス、そして、どうぞ、よいお年をお迎えなさいますよう。

ファーニヴァルズ・イン
一八三六年十二月十七日

＊『ハムレット』第二幕第二場より。

第一話　ボーディングハウス盛衰記

その一

ロンドンで暮らすとなれば、街中を漂う煤煙《ばいえん》を吸わずに一日たりと過ごせるものではない。そして煤《すす》だらけの街だから、ことさらにきれい好きな人がいる。中でもだれがきれい好きかといえば、それは間違いなくミセス・チブスになる。小うるさく気がついてはまめに掃除をしているし、しかもやりくり上手。ざっとグレート・コーラム通りを見渡しても、これほどのご婦人は、そうめったにいるものではない。

家の表まわりをみると、通りから玄関先に上がる階段も地下の勝手口に下りる階段も、掃除が行き届いて塵一つない。真鍮《しんちゅう》製のドアのハンドルも、表札も、ノッカーも、ドアを照らすファンライトも、何もかもがきれいでぴかぴかしていて、ここまでやるには水漆喰《しっくい》を忘れずに塗ったり、磨き石をかけて磨き上げたり擦《こす》ったりの、文字通り飽くことなき勇猛果敢なるお手入れがあっての話。

通りすがりに「ミセス・チブス」と書かれた表札をみると、だれもが思わずため息をついてしまう。こんなに擦ってよくもまあ摩擦の熱で火事にならないものだと驚くほど、丹念に磨き上げられていた。居間の窓には蠅帳《はえちょう》のようなブラインドがかかっていて、客間にはブルーとゴールドのカーペット。ブラインドは巻き上げ式。どこもかしこもチブス夫人が胸をはって「さあご覧あそばせ」といっているようだった。

廊下にある釣鐘《つりがね》形のランプはシャボン玉のように透いてみえるし、テーブルはぴかぴかで自分の顔が映るほど。椅子もフランスワニスで磨き上げていた。階段の手すりの柱には蜜蠟をかけたのだろう、てかてかに光っていたし、階段の敷物を押さえている留め金まできらきらしていて、まばたきしてしまうほど。よくもここまで気がつくものと感心するほどだった。

チブス夫人はどちらかといえば小柄な方だった。ご亭主のチブスもけっして大柄という体つきではなく、おまけに足が極端に短くて、それを補ってか、顔の方はひどく長かった。奥方にとってはいないも同然とはいわないまでも、すこぶる軽い旦那様だったが、やはりどこかで必要な存在だった。いつでもチブス夫人がしゃべりまくり、亭主殿はほとんど口を開かなかった。まったく口をきかないわけではなく、何か言葉を挟む機会があれば、それはそれなりに話をしていた。

奥方のチブス夫人は長ったらしい話をいやがったが、ご亭主のはそれで、せっかく話しても、親愛なる伴侶のチブス夫人が思うに、その話にけりがついたためしがなかった。いつもこんな具合に始まっている。

「いやあ、ぼくが義勇軍に参加していたときの話だが、千八百、ええたしか、千八百六年だったけどね」

これをまだるっこくゆっくり話すのだが、一方彼の愛すべき伴侶は早口で大声とくる。せっかく切り出した話もここまでで、途中で辛抱できない奥方から茶々が入って、いっかな語り終えるわけにいかなかった。語り上手を自負してはいるものの、満足のいくまで話をさせてもらえず、ご亭主には気が晴れる日がなかなかに訪れず、鬱々としていた。名優ジョー・ミラーが舞台で演じる、あのミラー風の、滑稽なさまよえるユダヤ人のようだといったら、少々いいすぎかもしれないが、読者にもおおよその見当はおつきになるだろう。

ミスター・チブスには何種類かの年金があって、働かなくてもなんとかやっていける身分といえた。年間に四十三ポンドと十五シリング十ペンス。父親と母親、それにご先祖を同じくする五つの流れから、同じ額のお国の金が彼に流れ込んできている。もっとも、こうした金がなぜもらえるのかはまったく知られていない。

しかし働かないで暮らしていけるといっても、二人の人間が今のような贅沢《ぜいたく》な暮らしをこのまま続けるとしたら難しいところだったが、うまい具合に愛《いと》しき喧《やかま》し屋のチブス夫人に七百ポンドの遺産が転がりこんできた。そこで、キングズ・クロスの近くのサマーズ・タウンという村と大英博物館の間にある、ぼつぼつ宅地になりだしたグレート・コーラム通りにボーディングハウス(賄《まかな》いつきの高級アパート)になりそうな邸宅を手に入れ、二人の使用人とボーイを抱え、それなりの調度を調え、「ミセス・チブスの家」として開業する運びとなったのだった。

朝刊に何度かこんな文面の広告を出した。

「お部屋があります。どこから歩いても、わずか十分です。気のおけない、音楽好きの楽しい個人宅です。六人まで賄いつきで」

さっそく、数え切れないほどの申し込みがきた。名前の頭文字を並べると、よくもまあこんなにいろんな種類の名前があるものかと驚くばかりだったが、これら名前の持ち主がいっきに部屋を借りたくなったのかと思うと、これも驚きだった。チブス夫人と希望者との間でおびただしいやり取りが交わされた。もちろん秘密厳守がたてまえだった。

「Eさんはお気に召さないようだわ。Iさんには無理のようだし、I・O・Uさんは契約の条件がお気に召さないようね。G・Rさんは四本柱のないフランス式ベッドで寝たことがないみたい」

といった様子だったが、どうやら三人の紳士が「入居人は相争わず」を条件に、ミセス・チブスの家に入居する運びになった。

ここでまた広告を出すと、今度は二人の娘さんを連れた婦人が現れて、家族が増えるのはいかがなものかと申し出た。もちろんチブス夫人の家庭が娘二人を加えて賑《にぎ》やかになるという話だった。

「ほんとにミセス・マープルソンはチャーミングな方だわ」と、チブス夫人。

朝の食事がすんで、下宿の紳士たちがそれぞれの仕事に出かけたあと、ご亭主のチブス氏と暖炉のそばでくつろいだときの一齣《ひとこま》。

「ほんとうにチャーミングなご婦人だね」足の短い亭主が繰り返した。奥方が自分に相談を持ちかけたわけではないので、これは自分だけに聞こえる程度のひとり言だった。

「それに二人のお嬢さんも可愛いわ。今日は何かお魚がいいですね。初めてのディナーになるんですからね」

これをきくと、チブス氏はおもむろに暖炉の火かき棒を石炭シャベルの右手において、何かいおうとしたのだったが、さて何をいったものかとっさには思いつかなかった。

かまわずミセス・チブスは続けた。

「娘さんからピアノを持ち込んでいいかとお申し出があったんですよ。ほんとにやさしいったらありゃしない」

「申し出」ときいてご亭主にははたと思いついたことがあったが、すぐには口にしなかった。考えがまとまったところで、「きっとだね、その……」といったのだが、すぐにミセスの口から鉄砲玉が飛んできた。

「お願いですから、壁紙に頭をもたれさせないでくださいな。それに足を炉格子にのせないでくださいよ。ほんとにお行儀が悪いんだから」

ミスター・チブスは壁紙から頭を離し、炉格子から足をはずし、話を続けた。

「きっとだね、あのお嬢さんのどちらかが、今いる若いミスター・シンプソンといっしょになりたいといいだすんじゃないかね。分かるだろう、結婚というものは……」

「何ですって！」

ミセスが金切り声をあげた。

ご亭主はゆっくりと、自分の思いつきを繰り返した。

「駄目ですよ、そんなこといわないでくださいな。結婚すればどうなると思ってるんですか、うちの入居人がいなくなるんですよ。おお嫌だ」

奥方がそういっても、ご亭主は自分の思いつきが的外れになるとは考えていなかった。とはいえチブス氏は、チブス夫人とは決して言い争わないことにしている。したがって会話には休止符を打たなければならない。ときはよし、ちょうど「仕事に出かける」時間になったので、この場は静かにおさまった。

チブス氏は朝の十時に出かけて夕方の五時に帰ってきていたが、いつもひどく汚れかえった顔をして、かび臭いにおいがぷんぷんしていた。彼が何をやっているのか、どこに行っているのかだれも知らなかったが、チブス夫人はいかにも意味ありげに、「ミスター・チブスはシティでお仕事をしているのよ」といっていた。

さて、話題のミス・マープルソン姉妹とその母親が貸し馬車で日暮れ前にやってきたが、いっしょに運んできた荷物はとんでもない数だった。旅行用の大型トランク、帽子箱、マフ入れ、パラソル、どれもこれも一つではなくいくつもあったし、この他に、茶色の紙でくるんでピンで留めたいろんな形の包みが通りに山となった。

これを家に入れなければならない。荷物を持って上がったり下がったり、それ親子のレディーたちが汚れを落とすお湯をご所望とくる、使用人たちは右往左往の大騒ぎ、だれもがかっかと燃えあがり、ヘアアイロンもかっかっかになってご用を待っていた。グレート・コーラム通りではこれまでみられなかった騒ぎだった。

小柄なチブス夫人がここで本領発揮。いそがしく走りまわり、絶え間なくしゃべりまくり、タオルや石鹸を持ってまわったり、まるで病院の看護婦長のような働きだった。家全体がいっときの元の静寂を取り戻したのは、レディーたちがそれぞれに寝室に閉じこもって当日の一大事であるディナーのためのお召し替えにとりかかったときだった。

「このお嬢さん方はだれなの」と、入居人のミスター・シンプソンが同じ入居人のセプティマス・ヒックスにきいた。居間で二人ともディナー前の時間をソファに横になって所在なく自分の部屋履《へやば》きを見つめていた。

「知らないな」と、ヒックスが答えた。

彼はやや背丈のある方で、色白で眼鏡をかけていて、首のまわりにネッカチーフの代わりに黒いリボンを巻いた、すこぶる興味を惹きつける人物で、れっきとした父親がいるのだが、何やらいざこざがあって、今はしがない病院廻りの行商をしている吟遊詩人といった、「きわめて才能のある若い御仁《ごじん》」だった。話の中にバイロンの『ドン・ジュアン』からの引用をたっぷり「引きずる」のが好きだが、その引用がまったく自由勝手なもので、はたして的を射ているかどうかには頓着していないタイプ。

もう一方のシンプソンは社交界ではほんの脇役といった若者で、何をやっても話しても、駆け出しの役者だって、これほど下手《へた》ではないだろうと思えるほど。セントポール大聖堂の鐘のように、なりは大きくても中身は空っぽで、着るものはファッション誌のデッサンを真似《まね》ていた。Kで始まるスペルの言葉には、Kが付け足しの言葉があるが、この若い紳士はこのKのように、いてもいなくてもよい人物だった。

「帰ってきたとき、通りにいっぱい小荷物が散らかっていたけど」といって、シンプソンがにやりとした。

「お化粧用のごたごたさ、きっと」と、これは『ドン・ジュアン』の愛唱者ヒックス。

「…………
リンネルにレース、加えて何足かの
ストッキングにスリッパー
ブラシに櫛と、ご婦人方のお飾りの品々はたんまりござる
これにて仕上げは上々、永久に美しく、清らかに
…………」

「それはミルトンからかい」シンプソンがきいた。

「いや、バイロンからだよ」ヒックスがしょうがない奴と、脇役の似合う若き紳士を見下して答えた。ヒックスは他の詩人を読んでいなかったのだから、引用の詩に多少は品の悪い言葉があっても、それがバイロンであることは間違いない。

「おっ、べっぴんさんがやってきたぞ」二人は声の調子を落とした。

「ミセス・マープルソンに、それからミス・マープルソン姉妹ですのよ。こちらはミスター・ヒックス。ミスター・ヒックス、こちらはミセス・マープルソンに、ミス・マ

ープルソン姉妹」と、チブス夫人がお引き合わせをしたが、その顔は、下の階で料理の監督をしていたので、日向《ひなた》の蠟《ろう》人形のようにすごく赤い顔をしていた。

「ミスター・シンプソン、よろしいですわね。こちらがミセス・マープルソンで、それにミス・マープルソン姉妹ですの」

初対面の挨拶にはややこしい手順というものがある。この逆が行われてやっとボーディングハウスの女主人のお役目が終わった。紳士たちはこれ以上はないという恭《うやうや》しさで、すべり出ては引き下がり、目線はどうする、手足は何としたものか、どう振る舞ったものか身の置き所がないといったありさまだった。レディーたちはにっこりして、左足を下げて少し腰を落とした挨拶をそつなくこなし、椅子に腰を下ろし、床に落ちたポケットハンカチを拾い上げたりして、落ち着いた様子をみせた。二人の紳士は所在なく、窓際によって、束ねたカーテンにもたれて立っていた。ミセス・チブスは下から上がってきた使用人とディナーに用意するフィッシュ・ソースの打ち合わせを、あれこれ身振りよろしくやっていた。

お嬢さん方は炉格子のデザインが格別に魅力的に思えたのか、互いに顔を見合わせてはうなずいていた。

「ねえ、ジュリア」と、マープルソン夫人が下の娘に声をかけた。その「ジュリア」という響きは、部屋にいる者すべての耳に飛び込んでくるほどだった。

「はい、ママ」

「お背中をしっかりお立てなさいな」

これはたしかに、ミス・ジュリアの姿勢に注意しての言葉で、おかげで皆がジュリアをみることになり、部屋中がしゅんとしてしまった。

「今日の貸し馬車の御者ときたら、ひどく乱暴で、ほら、よくいますでしょう」と、マープルソン夫人が内々の話といった調子でチブス夫人にいった。

「ほんとうに」

女主人はまったく同感といった様子で答えたが、ちょうど使用人がドアのところに現れて「奥様」に何やらご報告があったので、言葉の先を続けることができなかった。

「いやほんとに、だいたいですな、御者というものは乱暴で野蛮で……」と、ヒックスがご機嫌を取り結ぶような調子で女主人を引き継いだ。

「確かにそうなんですのよね、あの者たちときたら」

マープルソン夫人は応えたが、御者がそうした輩《やから》であると初めて知ったといわんばかり。

「辻馬車の御者もそうなんですよ」と、シンプソンがいった。

この意見は失敗だった。辻馬車がいつもどんな様子なのか、シンプソンの他に乗った者がだれもいなかったので、さっぱり見当がつかなかったのだ。

「ロビンソン、何なのお前」

チブス夫人が使用人のロビンソンにいった。彼女はそれまで五分ほど、ドアの外で鼻をならすやら咳をするやらして、奥様に自分がいるのを知ってもらおうと苦心していた。

「あの、旦那様が着替えをなさるとおっしゃっています」と、ロビンソンはほっとして答えたが、これで辻馬車の件は無事打ちきりとなった。

二人の若者は窓の方に目を向けたが、まるで栓を抜いたジンジャービールのように「気が抜けて」しまっていた。ご婦人方は所在なげに口元にハンカチを当て、そして小柄なチブス夫人が部屋から飛び出していった。チブス氏にアイロンのきいたぱりっとした下着を出したり、使用人たちにあれこれ指図もしなければならない。

少したってから、もう一人の入居人であるミスター・カールトンが現れた。彼はだれもが認める会話の上手。年金暮らしのしゃれ男で、いい歳《とし》をしていた。自分の顔立ちにしても、どこがどうとはいわないが、自分でいうのもなんだがなかなかのハンサムであると自慢していた。たしかにそのとおりなのだろうが、彼の顔をみると、どうしたって表のドアにあるノッカーを思わずにはいられない。それも片方にライオン、もう一方には猿の絵柄がついているといえば、このノッカーから彼の人柄のすべてが察せられようし、会話の合間にコツコツと机を叩いてノックの合いの手をいれる芸当も、なっとくできるというもの。

人々が話をしたりわさわさ動いている中で、彼は静かに立っていた。自分から会話の口火を切ろうともせず、何か思いついて、口を挟もうともしなかった。しかし話が自分の得意に入ってくれば、すかさず話にのってくるし、そのライオンと猿半々の気性からして、ちょっとでも「持ち上げる」と、かっかっかっと燃えあがってしまう。ときおり顔が引きつる痙攣症《けいれんしょう》の発作が起こるが、そうしたときは他の場合とは違って静かどころか、何度も何度も同じフレーズを繰り返しラッタッタと止めどなく長々しい話になって大騒ぎ。このときばかりは頭巾《ずきん》でも被っていてもらいたくなる。

カールトンは結婚したことがない。とはいっても、資産のある女房殿はいないかと物色中だった。自分には年に三百ポンドほどになる不動産からの収入があったが、すこぶるつきの見栄っ張りで、ひどく利己的だった。もっとも礼儀作法では、これ以上の心得のある紳士はまたとないとの名声を博していて、毎日公園やら目抜きのリージェント・ストリートを自信たっぷりに歩きまわっていた。

この尊敬すべき人物は居間に入るなり、マープルソン夫人に限りなき好意を寄せるべきであると決意した。そうであれば、だれかれ問わず愛想よくしておかなければならない。今は忍耐と寛容第一とばかり、やさしい気持ちになっていた。

一方、チブス夫人は紳士たちにそれとなく、ここにいるご婦人方はお金持ちである、それにはたしかな根拠がありますのよ、とほのめかしていたし、ご婦人方には、どの紳士も「結婚有資格者」であると思わせていた。ちょっとした色恋話のあった方が、入居者を引きつけておく手立てになるだろうとの、これはボーディングハウスの主人としての才覚だった。

マープルソン夫人は五十歳前後の、かなりご活発な未亡人だった。気が利いた策略家で、なかなかの器量良し。二人の娘たちのために愛想よく何かと気遣っていた。自分に再婚話があっても、それが愛しき娘たちのためであれば、嫌《いな》とは申しますまいといっていたし、再婚しようと思う理由など他にあるわけありませんもの、ともっともなコメントを加えていた。そして、愛しき娘たちはといえば、自分たちの住んでいるところが「すばらしい施設」であろうとなかろうと、そんなことにはまったく無関心だった。娘の一人は二十五歳で、妹の方は三つ下。母親の思惑で、季節ごとに所を変えて温泉めぐりをしていたのだが、温泉場のライブラリーでは娘だてらに賭《か》け事をしたり、我楽多市《がらくたいち》で買った悪書をバルコニーでこれ見よがしに読んだり、舞踏会ではたっぷりとダンスに興じたり、おセンチに話したりで、当節のごく真面目なお嬢さんたちがやっているままを演じていた。それかあらぬか、母親の思惑は実らず、ついに「お話」がもちあがるには至らなかった。それで、今のところはこれといった目的もなく「ミセス・チブスの家」に母娘三人が居を定めたというところだった。

「ねえ、みて。すてきな着こなしだわ」

姉娘のマチルダが、シンプソンをみながら妹のジュリアにささやいた。

「ほんとにすてきだわ」と、ジュリアが応じた。

「ミセス・チブスの家」入居の紳士方は、どちらかといえばブラウン系の上着を着るようにいわれていて、その襟や袖口には同じ色合いのビロードをつけていた。こうしておけば、あのリチャードソンがパントマイムで「名士」をやるときのお定《さだ》まりの姿になって、それがシンプソンであろうとだれであろうと、ひとかどの名士に見えてくるはずだった。

「おひげだって」妹のジュリアがいった。

「チャーミングだわ、それに髪の毛も」姉が応じた。

彼の髪の毛は鬘《かつら》のようで、きれいにウエーブがかかっていた。リージェント・ストリートにある評判のヘアドレッサー「バーテロットの店」のウインドーに飾られて、つややかに波打っているモデルがあるが、シンプソンの髪はまさにそうした、ロウで作った飾り物を思わせた。彼の頬ひげはあごの下で結ばれていて、頭の上からあごにかけてリボンを結び合わせたようにみえた。ひょっとしたら、特許の取れる新しい頬ひげ整形装置でも使ったのではないか、と思われるほどの見事さだった。

「お食事の用意ができました、奥様。どうぞお出ましくださいませ」と、ここで初めて顔を出したボーイがいった。彼は旦那様の黒の上着の仕立て直しを着ていた。

「では、ミスター・カールトン、ミセス・マープルソンのお手を。いや、どうぞうも」

シンプソンはそういいながら、ジュリアに腕を差し出した。ヒックスは愛らしいマチルダと組み、一同ダイニング・ルームに向かった。

ここでご亭主のチブスが三人のレディーに紹介され、ご亭主はオランダ時計のように頭を上下にはずませて挨拶した。まるで身体の中ほどに強力なバネが仕込まれているような格好だった。挨拶がすむと、チブスはテーブルの奥の自分の席にさっさとついて、大きなスープ皿の陰に隠れて、みられるよりもみるだけで私奴《わたしめ》は満足でございます、といった様子を決め込んだ。

入居者一同が、サンドイッチのパンと肉のように、男女隣り合って席についた。ここでチブス夫人がおもむろに給仕担当のジェームスに料理の被いをとるようにご命令。サーモン、ロブスター・ソース、とりの臓物スープ、他に石のような形のポテト、トースト、姿形大小さまざまに刻んだ野菜やハム、ソーセージなど、いつもの付け合せが現れた。

「あなた、ミセス・マープルソンにスープをおすすめしてくださいな」と、大忙しのチブス夫人がご亭主にいった。彼女はお客の前ではいつも夫を「あなた」と呼んでいた。

いわれたチブスは、もうパンに手を出していて、あとどれくらいしたら魚が回ってくるのかと、自分の順番を数えていたところだった。あわててスープをよそったものだから、テーブルクロスに小島を作ってしまい、奥方の目にふれないようにコップで隠す破目になってしまった。

「ミス・ジュリア、何かお魚をとりましょうか」と、カールトン。

「お願いしてもよろしいかしら。ほんの少しで、あら、沢山いただいて、もう結構ですわ」

そういいながらジュリアは、ほどよい大きさのクルミの実を皿にとった。

「ジュリアはほんとうに食が細いのですのよ」と、マープルソン夫人がカールトンにいった。

このときコツコツとカールトンがテーブルを叩いて例の合いの手をいれた。亭主殿はさてどの魚をと物色中だったが、来訪者のノックととり違えて、思わず「ウッ」と息が詰まってしまった。

「あなた、あなたにはどれをおとりいたします」と、チブス夫人。あらかた料理を給仕してしまってから、彼女は愛しの伴侶にたずねた。めぼしい魚料理はもう残っていなかったので、ここでご亭主殿が魚をほしいなどといいださないよう、目顔でそれとなく伝えていた。

ご亭主の方はそれに気づかず、さっきテーブルクロスにスープをこぼして心ならず作ってしまった小島のようなしみを、眉をひそめて見つめてから、落ち着いた様子で答えた。

「そうだね、じゃ魚を少しもらおうか」

「お魚ですの、あなた」

ご亭主は少しも動ぜず、再び眉をひそめていった。

「そうだよ、魚をね」

まさに魚がほしいんだといった表情をいよいよ固めて、いじわる亭主が答えた。チブス夫人の目には今にも涙があふれんばかり。皿に残っていたサーモンの最後の切り身をご亭主に給仕しながら、口には出さなかったが「この人でなし」と叫んでいた。

「ジェームスや、これを旦那様に。それから旦那様のナイフをお下げして」

復讐もこうなると見事なもの。これでチブス氏はもう魚を食べられなくなった。とはいえ、なんとかがんばって、パンの切れ端とフォークを使って、サーモンをころころ追いかけ回した。十中八九どころか、十七回に一度の成功率でどうやらサーモンを口に運ぶことができた。

「お皿をお下げしなさい、ジェームス」

と、チブス夫人がいった。ご亭主がちょうど四回目の獲物を頬ばったところだった。目の前からあっという間に皿が消えていった。

「もう少しパンを食べたいのだが、ジェームス」と、おかげでいっそうとひもじくなった哀れなこの家のご亭主殿がいった。

「旦那様はもうよろしいのよ、ジェームス、お肉の方をみてちょうだい」

これはいつもご婦人方が一座の前で召使いを穏やかに諭《さと》すときの調子で、つまりごく低い調子でさりげなく伝えられたのだが、舞台のささやきのように、独特の力がこもっているため、列席者ご一同にははっきりと聞こえていた。

ここで一同、テーブルが片付くのを待って無言の行に移り、シンプソンもカールトンも、それにヒックスも、フランス産の甘口白ワインのソーテルヌやポルトガルの白ワイン、ブセラス、それにシェリーをそれぞれに取りだして、ご婦人たちにすすめたのだが、なんと、ご亭主殿のチブス氏にはすすめなかった。だれも彼のことなど考えてもいなかった。

魚料理がすんで、この後サーロインステーキが出る段取りになっていたが、少々時間がかかっていた。
こうしたときこそ、吟遊詩人ヒックスの出番だった。このときをおいて、一座の皆さんに耳新しい、この場にふさわしいバイロンからの引用を披露するときがないではないか。

「…………とはいえ牛のいない我らが国では、ビーフはいとも珍らかなるもの
山羊《やぎ》の肉、さらに加えてキッドとマトンが御座候《ござそうろう》
おりよく休日でも巡ってくれば
なりふりかまわずご一同、骨つき肉を前によだれをたらし…………」

「あんな風に読むなんて、すごくたしなみのないお流儀だね」と、小柄なチブス夫人は心中ひそかに思った。
「ああそれ、トム・モアだろ、ぼく好きなんだな」と、カールトンがワインを注ぎな

がらいった。カールトン思うに、トム・モアことトマス・モアはバイロンよりも有名なのだから、この場にふさわしい大詩人、ヒックスでなくても引用したくなるはずではないか。

「わたくしもですのよ」と、マープルソン夫人がいった。

「わたしも」と、ジュリア。

「ぼくも」と、シンプソンが続けた。「すばらしい調子だね、たしかに」

シンプソンはかなりの自信をもって意見を述べた。ノッカー氏のカールトンはここでコツコツの合いの手。

「『ドン・ジュアン』を読んでほしいな」ヒックスが苛立って応えた。

「『ジュリアの手紙』ね」と、マチルダ。

「あら、モアの『拝火教徒』より偉大な詩集があるのかしら」と、ジュリアがきいた。

「左様」と、シンプソン。

「モアの『なれば楽園と妖精ペリに』ではどうですかね」伊達者《だてもの》のカールトンがいった。

「左様、左様。『なれば楽園と妖精ペリに』」と、シンプソンが繰り返したが、彼はカールトンがこの詩を見事に読み終えているものと思っていた。

「あれはまたすばらしいものですな」と、ヒックスが応じた。ご存知のように彼は『ドン・ジュアン』の他は何も読んでいなかったのだが。もう後には退けない。

「あの第七歌の冒頭の、包囲攻撃の描写ときたら、これに勝るものはありませんね」

「包囲攻撃といえば」

と、ミスター・チブスがパンを口いっぱいに頬ばりながら身を乗り出した。

「いやあ、ぼくが義勇軍に参加していたときの話だが、千八百、ええたしか、千八百六年だったけどね。我らが司令官はチャールズ・ランパート卿。今やあそこにはロンドン大学が建っておりますが、ある日、その野っ原で演習をしておりましてね。ランパート卿が、卿が声をかけられましてね、このぼくにですね、チブスよ、と。左様もちろん階級で呼んだんですが、チブスよ……」

「ジェームスや、旦那様にうかがっておくれ」と、ミセス・チブスが断固たる口調で話の腰を折った。

「さ、鶏料理を捌《さば》くのがお嫌だったら、こちらに回してくださるようにね」

志願兵のご亭主殿はおろおろしたが、女房殿がマトンのしり肉を手際よく捌いた手際を真似て、さっそくに鶏肉の捌きにとりかかった。たとえ彼が義勇軍の手柄話をお仕舞いまで話せたとしても、耳を傾ける者がいたかどうかは疑わしかった。

ご婦人方もすっかりくつろいで、だれも彼もがこれまでになく満足した気分になった。チブス氏にしても、ことは同様のはず。ディナーがすむと早々に寝室に引き上げた。ヒックスとご婦人方はあれやこれやと、詩やら芝居やら、それにチェスターフィールド卿の子弟養育にかんする書簡集といった話題の書にまで飛び火しながら、いとも雄弁に語り合った。カールトンが話の合間にコツコツと合いの手をいれたことも忘れてはならない。

チブス夫人は、マープルソン夫人のこの場の振る舞いに、至極満足していた。シンプソンはやさしく笑みを浮かべながら「そうですね」、「おっしゃるとおりで」などと、時計の長針が四分刻むごとにうなずいて、一座の話にすっかりとけ込んでいる様子をみせていた。紳士たちはダイニング・ルームを出ると、すぐさま居間でご婦人方に合流した。

マープルソン夫人とカールトンはトランプ遊びのクリベッジに興じ、「お嬢様方」は音楽や会話を楽しんだが、マープルソン姉妹が、青い色のひらひらしたリボンを飾り付けたギターを弾きながらデュエットを歌うと、だれもが聞きほれてしまった。

シンプソンはピンクのチョッキを着ていて、こんな楽しい食後の団欒《だんらん》などめったにないとご満悦。ヒックスはバイロンの詩篇『第七天』に、いや『ドン・ジュアン』の第七篇であったか、そのいずれでも結構なのだが、まさに天界をさまよう心地になっていた。

こうして顔合わせのディナーも無事に終わり、チブス夫人は新しい入居者にすっかり魅惑されていた。ご亭主のチブス氏も、この夜をいつものように過ごすと、それからは寝ては覚め、覚めては眠り、そして夕食のときに起きだすといった、これまでと変わりないリズムを取り戻した。

さてここで、小説家に許された特権を乱用するつもりはさらさらないのだが、あのレディーの歓迎晩餐会があってから、「時は流れて」一足飛びに六カ月たってしまった。「ミセス・チブスの家」はこの間、歌ったりダンスに興じたり、芝居にいったり展覧会に出向いたりして、ご婦人方も紳士諸君も、だれもがどこでもするような行事を繰り返して毎日を過ごしていた。

というありさまで、彼らの様子をこれ以上とりたてて述べるまでもないのだが、さて話は改まって六カ月たった今現在のこと。バイロン愛唱者のヒックスが朝の早い時刻、まだ寝室にいるときに、しゃれ男のカールトンからの伝言が飛び込んできた。都合のつく限りできるだけ早くきてほしい、三階裏手の自分のドレッシング・ルームにいるから、といっている。

「ミスター・カールトンにすぐ行く、といってくれ」と、ヒックスはメモをもってきたボーイにいった。

「あっ、待ってくれ。ミスター・カールトンはどこか具合が悪いのかい？」

ボーイが病院に備え付けのようなガウンを着ていたので、こちらは見舞い客のように興奮してヒックスがきいた。

「いや、みたところそうじゃないんです」と、ボーイが答えた。「どうか自分でみてください。どちらかといえば気分が悪いだけかも」

「ああ、たしかに病気であるというわけじゃないんだね。そいつはよかった。すぐ降りていくよ」と、すぐさまヒックスが応じた。

ボーイはその言葉を伝えに下に降りていった。ヒックスは興奮して飛び出し、その言付けが本人に伝えられたときにはもう現れていた。

カールトンのドレッシング・ルームに入ると、彼は安楽椅子に腰を落としていた。握手を交わして挨拶。ヒックスが椅子を探した。ちょっとしただんまり。ヒックスが咳をした。カールトンが鼻をかんだ。これも、どちらもこれといった話のきっかけをつかめないままでいるときの、対話といえば対話といってよいだろう。

ヒックスが沈黙を破った。

「メモをもらったんだけど」

少し遠慮がちにいったが、まるで街頭の人形劇で人気の悪役パンチが風邪を引いたような声だった。

「ああ、そうなんだ」と、答えが返った。

「たしかに」

「たしかに」

これだけでも、二人にとっては意味のある対話であったかもしれないが、これでは挨拶のようなもの、まだまだ話を続けなければならない。そこでこうしたときだれもがするように、彼らは何やら決意したような表情で、互いにじっとテーブルを見つめた。

カールトンが口を開いた。いつものようにコツコツとノックを交えて、話を続ける気持ちを高めた。そしていつもの、もったいぶった話し方でいった。

「ヒックス、ぼくが君を呼んだのはだね、今この家で進行しているある約束事があってのことでね、その、つまり約束事というのは、結婚に結びつく約束なんだよ」

聞いてヒックスは息を呑んだ。

「結婚だって」

ハムレットが父親の亡霊をみたとき、その顔には嬉しさと落ち着きが示されていて、さぞかしこんな顔だったのではないか、と思える表情だった。

「結婚なんだよ」と、コツコツ氏が答えた。「この重大な打ち明け話を、頼りになる君に聞いてもらおうと思って使いを出したんだ」

「で、ぼくに打ち明けるのかい」と、急《せ》かせるようにヒックスがきいた。びっくりしてバイロン卿の引用どころではなかった。

「打ち明けるんだよ。この打ち明け話を、よもや裏切りはしないだろうね」

「ばかな。ぼくが墓に入るまで、君が今やろうとしていることが人に知れるわけがないよ」

ヒックスはこう応えたが、コツコツ氏に煽《あお》られてその表情は燃えあがり、髪の毛は、ドライヤーの中にすっぽり入ったときのように逆立《さかだ》っていた。

「いや、いつかは、一年以内にはね、皆が知ることになるさ」

カールトンは自分だけが大いに満足している様子でいった。

「ぼくたち、家族になるんだよ」

「ぼくたちが？　気はたしかかい、しっかりしてくれよ」

「だれがなんていったって、たしかな話なんだ」

「そんなのって、あるはずないじゃないか」と、ヒックスは少々うろたえて応じた。

カールトンがこんな風に自分とヒックスとの関係を曖昧にいうのは、自分の言葉にヒックスがどう反応するかみて、楽しんでいるのではないか。見れば、彼は椅子に深々と沈みこみ、すっかり瞑想にふけっている様子じゃないか——

「ああ、マチルダ！」と、オールドボーイのしゃれ男が、大儀そうに大きなため息。

チョッキのボタンに右手をちょっと当てて、そう、たしか下から数えて四つ目の左側のボタンだったが、いやこれはさして重要じゃない、また、ため息まじりにいった。

「ああ、マチルダ！」

「マチルダに何かあったのかい」ヒックスが驚いて立ちあがった。

「マチルダ・マープルソンさ」こちらもご同様に立ちあがった。

「明日の朝、ぼくは彼女と結婚するんだよ」と、ヒックスはいった。

「そんなばかな。ぼくが結婚するんだよ」カールトンが応じた。

「君が彼女と？」

「ぼくが彼女とだよ」

「ぼくはマチルダ・マープルソンと結婚するんだよ」

「そのマチルダ・マープルソンは、ぼくと結婚するんだよ」

「ミス・マープルソンが君と結婚するのかい？」

「ミス・マープルソンだって！　いや違うよ、ミセス・マープルソンだ」

「そうだったのか。君はお袋さんのマチルダと結婚するんだね。で、ぼくはその娘さんのマチルダと」

「とてつもない事態に遭遇したんだ！」と、カールトンが応えた。「悠長なことはいっていられないんだよ。厄介極まりない事態なんだ。マチルダがいうには、ミセスだよ、母親のミセス・マチルダ・マープルソンのいうことには、式が始まってしまうまで、この結婚を娘たちに秘密にしておきたい。それから、新婦を新郎に引き渡すお役目も、だれにもさせたくないっていうんだ。ぼくの方は逆で、今すぐにでもこの件を知人たちに知らせて喜びを共にしたいと思っている。で、それやこれや悩んで君にきてもらったんだ。君なら新婦の介添え人になってもらえると思ってね」

「そりゃ喜んでやらせてもらうよ、ほんとうだよ。でも、ぼくには花婿のお役目があるんだ」と、お悔やみをいうような調子でヒックスがいった。「ときには一人の人物が他の人物になりおおせることがあるけど、同時にそのいずれをも演じるなんて、こりゃ只事ではないよ。そうだ、シンプソンがいる。彼なら君のお役に立つよ」

「彼には頼みたくないんだな。あんな間抜けに」と、カールトン。

ヒックスは天井を見上げ、そして床に目をやっていたが、ここでアイディアがひらめいた。

「ここは一番、介添え人は家主殿に頼もう」

こういってから、さて引用だ。これぞ格別に、チブス氏にふさわしい詩句ではないか。

「……………

ああなんたること。娘を迎えるに、なぜにかくも暗き双眸をもて、

そは、そはちぎり結びし娘を咎める父の眼なるか

……………」

「それはぼくも考えていたんだ。でも、分かってほしいんだが、マチルダはね、ぼくにはなぜか分からないけど、万事終わるまでチブス夫人には何もいうなというんだよ。これが何なのか、女心というものかどうかぼくには分からないが」と、カールトンがいった。

「家主殿はなりこそ小さいが、この世でもっとも信頼できる人物だよ。しかるべく礼をつくせば彼だって分かってくれるさ」と、ヒックス。「いいかい、チブス氏にはチブス夫人に漏らすな、というんだよ。いわないからといって、騒ぎにはならないから、とね。ご亭主殿はうまくやれるさ。ぼくの結婚だって内緒ごとなんだ。母親も問題だし、ぼくの父のこともあってね。大丈夫だよ。家主殿は喜んで内緒にしてくれるよ」

ちょうどこのとき、二人の話を邪魔でもするかのように建物の表ドアをトントンと小さくノックして、使用人を起こしている音がした。ご亭主のチブスが朝のうちにパン屋の勘定でも払いにいってきたのだろう。二人が部屋を出て階段の下をのぞいてみると、丁寧《ていねい》に時間をかけて靴を磨いている人影があった。この界隈で五分も十分も時間をかけて靴を磨くような人物は、たとえ顔が見えなくてもミスター・チブスに他ならない。

「ミスター・チブス」と、カールトンが靴磨きに精を出しているチブスに、階段の手すり越しにすこぶる丁寧な口調で声をかけた。

「おはようございます」チブスは靴墨で汚れた顔を上げて応えた。

「ちょっと、上がってきてもらえませんか」

「いいですとも」

自分に声をかけてくれる人がいるなんて、そうめったにあることではない。チブスは得意な気持ちになった。

チブスは三階に上がると部屋のドアを用心深く閉め、気の弱い者がいつもするように、帽子を床におき、すすめられるままに椅子に坐った。その顔つきはまるで宗教裁判所のお役人に突然召喚されたかのようだった。

「どちらかといえば、少々面倒な話なんですが」と、カールトン。いかにも恐れ入っているといった様子。

「折り入ってお願いがあるんですよ。これからお話しすることを、奥さんにはいわないでほしいのですが」

「折り入ってお願いがあるんですよ」

ご亭主のチブスはうなずいたが、この男、一体何をやらかしたのだろうか、こういう様子をみると、少なくとも極上のデカンターでも壊したのかな、と心中穏やかではなかった。

カールトンは続けた。

「いやまったく、少々面倒な事態に陥りましてね」

ご亭主は今度はヒックスを疑わしげにみた。何といってもこのヒックスはカールトンに親しい入居人仲間なんだから、彼もまた面倒な事態というものに関わっているのではないか。とはいえ、ここでどういえばよいのか思いつかない。ただただ「ああ、ええ」の単音節しか出てこなかった。

「そこで」と、カールトンは続けた。「お願いですから、驚愕《きょうがく》の、いや家中の者に聞こえるような驚きの叫びをあげないでください。いいですか、どうぞお心安らかに、叫ばないでくださいよ、いいですか、このボーディングハウスの二組の入居者が、明日の朝結婚するのです」

聞くなりチブスが部屋から飛び出し、階段をあたふたと駆け下りて玄関ホールで気絶でもしたなら、あるいは驚愕のあまり、この瞬間に窓から飛び出して家の裏手にある馬屋に飛び降りたとでもいうのなら、かねて危ぶんでいたとおりの事態なのだったが、なんとチブスは黙ってポケットに両の手を差したまま、含み笑いで、

「そうでしたか」

と、いった。

「驚きませんか。ミスター・チブス」カールトンがきいた。

「おかげさまで。驚きませんな」と、ご亭主。「なんと申しましても、これは自然の理ですからね。二人の若者が一緒になる、でしょう」

「いやごもっとも、ごもっとも」カールトンはすっかり安心した様子でいった。

「じゃ、この事態を妙ちくりんな事件とは思わないんですか」と、ヒックスが訊《たず》ねた。

予想外の展開に、ひどくびっくりしてチブスの顔を見つめていた。

「少しも。私もちょうど彼と同じ歳でした」

ミスター・チブスはこういって、ほほ笑みを浮かべていた。

「おれとしたことが、よくもまあ歳をとったものだわ」と、しゃれ男のカールトンは思った。自分がチブスよりも十歳は年上であるのを知っていたので、おめでたい話もチブスに歳のことでからかわれては、そうめでたいものでないように思えてきた。

カールトンは続けた。

「では、とり急いで要点に入りますが、いかがでしょう、新婦の介添えをする父親のお役をお願いできますね」

「どうして反対できましょう」と、チブスは応えた。いまだに少しの動揺もみせなかった。

「反対できない、ですか」

「断固として、反対ではありません」と、ご亭主殿は繰り返した。依然として冷静、栓を抜いた黒ビールのように、泡ひとつ立っていなかった。

カールトンは、いつも女房の尻に敷かれている、栄《は》えない小男の腕をつかんで、この瞬間を期して永遠の友情を誓った。ヒックスも、すっかり感嘆、すっかり驚いて同じように永遠の友情とやらを誓った。

「いや、ほんとに心配していたんです。少しも驚かなかったんですか」と、カールトンは帽子を手にして部屋を出ようとしているチブスにきいた。

「信頼関係でしょうね」片手を上げながら、この堂々たる人物は答えた。「信頼関係でしょうね。初めてこの件を耳にしたときの」

「それが、こんな風に突然の話であっても」と、ヒックス。

「この私にそんなことを聞くのが妙ですよ」と、チブス氏。

「いやいや、まったくどうかしていますな」

歳のいった伊達男《だておとこ》のカールトンがこういうと、三人は声をそろえて笑った。

「さて問題は」と、チブス氏はいった。ドアに手をかけて、その含み笑いは今や遠慮のない笑いに変わっていた。

「問題は、彼の父親が何というかですね」

ヒックスはカールトンをみた。

「そうです。片方は、ぼくには、父がいませんし、彼には、彼には、彼には問題があって」と、カールトン。今度は彼がくすくすと含み笑いをしていた。

「あなた方には父親がない。でも、彼にはお父さんがいますよ」と、チブスがいった。

「だれに？」と、ヒックスが嚙みつくような調子できいた。

「どうしたのですか。彼にですよ」

「彼に、それってだれのこと？　あんた、ぼくの秘密知っているの？　ぼくのことをいっているの？」

「あなたのことを？　いや。私がだれのことをいっているのかご存知でしょう」と、チブスは意味ありげにウインクした。

「ああ、こりゃどうなっているんだい。だれのことをいっているんです？」

カールトンは、ヒックスもご同様だったが、話が妙にこんがらがってきたので、すっかり我を失ってしまった。

「もちろん、ミスター・シンプソンのこと、ですよ。他にだれのことだと思ったんですか」と、チブスが答えた。

「そうか、分かったぞ」

と、バイロン引用家はいった。

「シンプソン君が明日ジュリア・マープルソンと結婚するんだ」

「疑いなく、もちろん彼が結婚するんです」と、家主殿。

さて、この予期せざる発表を聞いて、二人の婿殿がそれぞれに何を考えたか、その表情を描くには作家の未熟なペンではどうしようもない。才人ホーガス画伯のペンをもってして初めて事成れり、という次第になるだろう。ことによると、我らの読者のご婦人方であれば、いとも容易に察しがつこうというものかもしれないが、三人のご婦人が、これほど見事にそれぞれの殿方を射止めて、そのうえ彼らには少しも覚《さと》られずにいたとは、一体いかなる芸当、芸術のあったことか、これもとうてい我らが筆の及ぶところではない。

いずれにしても、だれも彼も上々の首尾だった。母親は二人の娘が企んだ結婚計画をしっかり見守っていたし、若いレディーたちも、自分たちの尊敬すべき母御の企みを承知していたのだった。さらにご婦人方が企んだのは、母も娘もそれぞれに、だれがだれと婚約したか知らぬ振りをした方が、さらに上々の首尾を狙えるものと考えたのだった。ご婦人方が一致していたのは、この三つの結婚を同じ日に挙行すること。こうすれば、だれがどうしているかと互いに詮索して、自分の密《ひそ》やかなる同盟関係が発覚するおそれがないだろうと、これはご婦人方のおそるべき知恵だった。したがって、カールトンやヒックスが謎の中にさまよったのも、さらには今は昔、ミスター・チブスが考えなしに若き日のチブス夫人と婚約してしまったのも、けっして不思議ではなかった。

さて次の日、ミスター・セプティマス・ヒックスがミス・マチルダ・マープルソンと結ばれた。ミスター・シンプソンもまた、ミス・ジュリアと「神聖同盟」に突入した。ミスター・チブスが、「初めてのお役」である父親をつとめた。

カールトンは二人の若者ほど熱心ではなかったので、どちらかというとこの二組の婚約にすっかり参っていた。自分の花嫁さんの父親役をだれに頼んだらよいのか、それを考えただけですっかり滅入ってしまった。そしてついに、この先自分に降りかかってくる厄介を避けるには、ミセス・マチルダ・マープルソンと一緒にならないのが最善の策であると思いついたのだった。

しかし相手のミセス・マチルダ・マープルソンは「訴訟」に踏み切った。弁護士がいうには約束不履行《ふりこう》を訴える「マープルソン対カールトン事件」の裁判は、「国法を犯し、婦人を悲嘆の涙に沈めた」罪を裁くものだった。彼女が失意から立ち直るには一千ポンドが必要だった。かくして、哀れなノッカー氏はこの額をなんとしても支払わなければならなかった。

ミスター・セプティマス・ヒックスは何を思いついたのか、病院廻りの商売も結婚も何もかもやめてしまって、どこかへ行ってしまった。傷心の妻は、今母親と一緒にブーローニュで暮らしている。

ミスター・シンプソンには、結婚後六週間で妻を失うという不幸があった。それというのも妻の衣装代を払えなかったためで、支払い不能の債務者が放り込まれるフリート監獄に短期間ではあったが滞在しなければならなくなり、その留守中に新妻が、ふとしたことで知り合った士官と駆け落ちしてしまった。おまけに父親には勘当されるという始末。父親はこの後すぐ亡くなり、そうこうするうちに、幸いにも流行《はや》りのヘアドレッサーのところで永年雇用契約を結ぶことができた。この髪型デザインこそ、彼がしばしば関心を寄せていた「科学」だった。おかげさまで、彼は必然的にこの大英帝国の、少なからぬ貴顕紳士の日常やら考え方の数々に日々接する機会に恵まれ、この幸せな境遇のおかげで、その才能を存分に振るって流行小説を書くようになった。それらは誇張や業界用語や、感傷的なごまかしなどで品格を損ねるような読み物ではないので、それ相応の品性を保ちながら、これからも読まれていくものと思われる。社会の知識各層の「教本」にもなろうし、読書の楽しみをいや増すに違いない。

さて最後になったが、このてんやわんやの大騒ぎが、哀れなチブス夫人にもたらしたものは何かといえば、せっかくの入居者たちがすっかりいなくなったことだった。もっとも、彼女がいちばん世話をやいていたご亭主だけは相変わらずのご滞在だったが。

二組の結婚があった日、ご亭主殿はワインと興奮で機嫌よく酩酊してご帰還になったのだが、ことはそれで収まるものではなかった。奥方のチブス夫人の怒りにふれて、絶望の淵へと追いやられた。

この呪われた日があってからは、ご亭主殿の食事はキッチンでとるきまりになった。当然のことながら、彼がこれぞと思って口にする金言警句があっても、これからはこのキッチンに封じ込められることになった。旦那様への特別待遇だと、ボーディングハウスの持ち主チブス夫人の命令で、折りたたみ式のベッドがキッチンに運び込まれた。こう母屋と隔離されてしまっては、ご亭主殿の義勇軍参加の華々しい物語も、その顚末《てんまつ》を最後まで聞けそうにない。

再び、各種朝刊に広告が掲げられるようになった。その結果については次なる物語でとくとお読みいただきたい。

その二

「何かひと区切りついたような感じだわね」

ある朝のこと、コーラム通りに面した表の居間で、「ミセス・チブスの家」の家主チブス夫人は、こう自分に語りかけていた。新しい入居者を迎えるために、二階に上がる階段の踊り場に敷くカーペットのほつれを繕《つくろ》っていた。

「いろいろあったけど、どうにか部屋も半分は決まって、さほど悪くなったわけじゃないわ。広告出したのだから、あとはもう一人か二人の入居希望者にこちらが返事を出すだけ。また賑やかになるんだから」

もうそろそろ郵便配達があってもよさそうな時刻だった。通りのそこここで、トントンとノックしては郵便を配達し、差出人から一ペニー、受取人から一ペニーを貰うツーペンス・ポストマンが来るのが待ちどおしい。チブス夫人はカーペットの毛織物をかがりながら、耳をそばだてていた。

家中が静まり返っていた。ときどき小さな物音が聞こえてきたが、それは哀れなご亭主のミスター・チブスがキッチンの裏で紳士用ブーツを磨く音だった。この仕事には機械のブーンと唸る騒音がつきもので、しかも今はこの唸りにほろ苦い、わびしいハミングが加わっていた。

郵便屋が近くにきて、「さてミセス・チブスだぞ」と立ち止まる。そしてノック。トントントン、手紙ですよ、料金は支払い済み。

T・Iは I・T殿に部屋を進呈するべく候。T・Iはここに謹んで申し上げたく、小生、広告を拝見つかまつり、彼女がご自身にてみずから貴殿を明十二時に訪問するべくこれあり候。

T・Iは I・T殿に通知せざることで陳謝致さねばならないところなれど、小生願わくばこれにて貴殿にご迷惑をばお掛けする恐れこれなきことを。

恐懼《きょうく》謹言
水曜午後識

われらがミセス・チブスはこの文面を何度も何度も繰り返して読んだのだが、読めば読むほど、一体全体だれがだれのことをいっているのか分からなかった。T・Iなる人物が「小生」であり、I・T殿と「貴殿」の関係も、どっかで迷っているのだろう、さっぱり分からない。筆跡もこんがらがった糸のようにもつれ合っている。便箋は丁寧にまっ四角に折りたたんであって、宛名書きがまるで恥ずかしがっているかのように、余白の右手すみに寄って小さくなっていた。その裏側にはいかにも得意げに大きな赤い封《ふう》緘《かん》がお飾りに貼ってあったが、ゴキブリが存分にのたくったような、さまざまな形にインクのしみがついていた。

ミセス・チブスはこの文面を読んですっかり動転してしまったが、だれかが昼に訪ねてくることだけははっきり分かった。

ただちに居間の掃除にとりかかる。朝から三回目の掃除だったが、いくつかの椅子を置き換えたり、本の並びもあまり几帳面《きちようめん》すぎるのはよくない、二、三冊わざと逆《さか》さにしてみる。踊り場のカーペットも元の位置に収めると、いよいよミセス・チブスは二階に駆けあがり「おめかし」に専心した。

ニュー・セント・パンクラス教会の時計が十二時を打ち、フォンドリング病院の時計がちょうど十分遅れて、慎み深い音色で続いた。それからどこかの教会の時計が十二時十五分を打ったとき、トントンとノックがあって一人のご婦人がやってきた。スモモパイの中身のような色のペリース(女性用マント)を着て、温室栽培でもしているように造花が盛りあがっている、同じ色のボンネットを被り、白のヴェールに蜘蛛《くも》の巣模様のついた緑のパラソルといった出《い》で立ちだった。

お客人は居間に請じ入れられた。たいへんお太りの、赤ら顔のご婦人だった。家主のチブス夫人が挨拶をして、さて商談となった。

「広告を拝見いたしまして、お越し、いえ、お出で、いえいえ参りましましたのよ」

二週間ほど休みなしに、パーンパイプを吹きまくっていたかのような声だった。

「さようでございますわね」と、チブス夫人。ゆっくりと両手を擦り合わせ、入居希望者の顔をまじまじと見つめた。家主だったらだれでも、こうして商談にはずみをつけるもの。

「お支払いの方は、私には、異存がないので、ございませんのよ」せっかくのお言葉が乱れて、お金があるのかないのか分からなかったが、チブス夫人は万事好都合に考える方なので、少しも驚かなかった。

「もう長いこと引退生活に、おりましてね。気うつ気味ではありますが、すっかりアンラクの身分になっているんです」

アンラクが何をいっているのか分からなかったが、チブス夫人は当然のことながら、そうした格別のご身分に異議を申し立てるはずがなかった。

「それでたえず、お医師にかかっていますの」と、マントのご婦人は続けた。

「このところ、身体のことが気になって気になって、ひどいキョジャク症になっているんです。だってそうでしょう、宅のミスター・ブロスが亡くなってからというもの、わたくし、少しも心のアンラクが得られないでいるのですから」

この世を去ったというブロス氏が後に遺《のこ》していった未亡人をみながら、「ご主人のミスター・ブロスがご存命のとき、この奥さんといっしょにいて、心安らかなときがあったのかしら」とチブス夫人は思っていた。もちろん、こんなことを口に出すわけがない。すこぶる同情した面持ちで、ブロス夫人のお相手をつとめていた。

「きっと、ずいぶんとご迷惑をおかけすると思うのですよ」と、ブロス夫人。

「でも、ご迷惑おかけする分は、喜んでお払いするつもりなんですの。いろいろ厄介な治療をしておりますの。毎朝、八時半と、十時に、床についたままマトンチョップをいただきますの」

チブス夫人は賄いをする家主としての立場から、そのようなお苦しみとは、さぞかし難儀なことで、と同情を表明した。ここで、肉食主義者のブロス夫人は、あっという間に家主との細かな条件を取り決め、さてこれで、もれなく賃貸契約が調ったと思われたところで、あらためてチブス夫人に「最重要事項」にご念をいれた。

「たしか、私のベッドルームは三階正面でしたね」

「さようでございますよ」

「うちのメイドのアグネスにもお部屋を」

「ええ、たしかにご用意いたしました」

「それから、私のびん詰め黒ビールを置く場所をワインセラーに」

「喜んでご提供いたしますよ。ジェームスが土曜日までに調えます」

「それから、日曜日の朝は皆さんの朝食にお仲間入りをいたします」と、ミセス・ブロス。「そのつもりで床を離れますから」

「結構でございます」チブス夫人は、彼女としてはとっておきの愛想のよい調子で応じ、こまかい取り決めがどちらにも「満足のいく条件で」しっかりと結ばれた。新入居者が金持ちであることはもはや疑う余地がなかった。チブス夫人は、さらに魅惑的な笑みをたたえて続けた。

「ちょっと風変わりなのですが、今うちに一人の紳士がいらして、この方もすごくデリケートな健康状態なんですのよ。ミスター・ゴブラーとおっしゃって、お部屋は奥の居間なんです」

「隣の部屋なんですか」ブロス未亡人が質《ただ》した。

「隣の部屋です」家主が繰り返した。

「私のお隣に、男性とは！」未亡人が叫んだ。

「彼はずっと寝たままなんです」チブス夫人がささやくようにいった。

「まぁ！」と、ブロス夫人も同じように低い声でいった。

「それでですね、彼が起きたら、今度はベッドで横にならせてはいけないんですの」

と、チブス夫人。

「そんな！」ミセス・ブロスはすっかり驚いて、椅子をミセス・チブスの方に寄せた。

「その人の症状は何ですの。どこがお悪いんですの？」

「どこって」

チブス夫人は、すっかり打ち解けた様子で答えた。

「あの人にはお腹《なか》っていうものがないんですよ」

「何がないんですか？」と、ブロス夫人は何ともいえない驚きの表情できいた。

「お腹がないんです」と、小首をふってミセス・チブス。

「おお、何としたことでしょう。何と珍しい病状ですこと！」

この病状と、文字通り意思の疎通がはかれたのだろう、ブロス夫人は自分にもお腹がないかのように、力なく喘《あえ》いでいった。お腹のない紳士が、病院でなくてどうしてボーディングハウスにいるのだろう。それも驚きだったが、紳士の病状の方がもっと聞きたいところだった。

「私があの人のお腹がないといったのは、消化がひどく悪くて、つまりお腹の中がめちゃくちゃに乱れていて、胃も腸もまったく役立たずになっているといった病状なんですよ。ほんとに、厄介な話で」話し上手のチブス夫人が説明した。

「これまでそんな症状、聞いたことございませんわ。でしょう、その方、私よりもお悪いなんて」ブロス夫人は感極まったといった様子でいった。

「それが、そうなんですよ。ほんとに」派手なスモモ色のペリースを身につけているブロス夫人を見ながら、この夫人がミスター・ゴブラーと同じ病気にかかっているとはとうてい思えなかったので、チブス夫人は安心してお腹のない病状を保証した。

「おかげですっかり好奇心がかき……かきたてられましたわ。早くその方にお目にかかってみたいものですわ」席を立ちながらミセス・ブロスがいった。

「いつも、週に一度は降りてきますすよ。大丈夫、日曜にはお会いになれます」と、チブス夫人。この慰めともつかない約束に、ブロス夫人は同意せざるを得なかった。部屋を出ると、彼女は自分の病状を詳しく話しながら、ゆっくりと階段を降りた。チブス夫人は階段を一段おりるたびに同情の声を上げながら、後につづいた。使用人のジェームスはちょうど包丁類を磨いているところだったが、キッチンの階段を上がってくると砂まみれの顔をぬぐい、恭《うやうや》しく表ドアを開いた。ここで二人のご婦人は互いにお別れの挨拶を交わし、ブロス夫人はゆっくりと通りの日陰を拾って去っていった。

「ミセス・チブスの家」のメイドが二人、三階の窓からこのレディーをじっくりと見守っていたので、その鋭い眼力の成果を披露してもらった方がよいかもしれないが、新しい入居者になるレディーは、だれが見たってきわめて無教養で俗っぽく、しかも自分勝手の女であるのは間違いはなかった。

彼女の亡くなった伴侶のブロス氏は立派なコルク職人で、腕がよくかなりの財産を蓄えていた。彼には甥だけしか親戚がなく、友人といっても自分の料理女だけだった。その甥がある朝、ずうずうしくも十五ポンドを借りたいといってきて、お礼のつもりか次の日、ブロス氏の友である料理女と結婚してしまった。

甥は年百ポンドで二人の姉妹といっしょに暮らしているのだから、考えてみれば十五ポンドの借金を申し入れる必要がなかったはず。野郎、企みおったな、もう一ペニーたりとも奴には遺《のこ》すまいぞ、と怒りに駆られて、ブロス氏は、自分の全財産を妻に遺すという遺言状を作った。

余計なことをしなければよかったのかもしれないが、朝食事のあと急に気分が悪くなり、その日の夜、夕食をとった後に死んでしまった。教区市民教会には、彼の善行を称《たた》え、その死を悼《いた》むマントルピースの形をした銘盤が残っている。彼は手形を不渡りにしたこともなかったし、半ペニーたりと、けっして無駄に使ったことはなかったのだから。

この気高き精神のコルク職人の未亡人で、ただ一人の遺言執行人であるブロス夫人は、抜け目なさと単純無邪気、気前よさと卑俗とが珍妙に混ざり合った人物だった。お育ちがどうだったのか、彼女には下宿住まいほど気楽なものはないと思えた。これなら何もしなくていい。何もしたいと思わないので、いつか自分が病気ではないかと思うようになった。かかりつけのお医者様のドクター・ウォスキーが厳かに宣言したのだから、病気に違いがなかった。それにメイドのアグネス。この二人が、もちろん善意あっての上だが、未亡人の贅沢嗜好《ぜいたくしこう》をいっそうと後押ししていた。

前の章で、入居者同士の結婚騒動で、「ミセス・チブスの家」にとんでもない破局が訪れた次第はお話ししたが、さてチブス夫人、今や若い娘さんの入居にはひどく臆病になっていて、入れ替わりに入った入居者はいずれも万物の霊長である男性だった。チブス夫人は夕食の席で、この場を借りてお伝えするが、ミセス・ブロスが新しくお仲間入りしますよ、いずれもよろしく、とレディーの入居を予告した。

紳士たちはこの報《しら》せをストイックに、冷静に平然と受けとめた。チブス夫人は自称虚弱病患者の受け入れに万全をつくした。三階の床をごしごし磨き上げると、洗い流し、雑巾がけをし、おかげで下の居間の天井までが湿ってしまうほどだった。

清潔な白色のベッドカバー、カーテン、ナプキン、水晶のように輝く水差し、ブルーのジョッキ、マホガニーの調度、これらが新入居者の部屋にいっそうの輝きをそえ、チブス夫人ご自慢の快い住み心地が、いっそうと快いものになった。あとは暖炉に石炭をくべるだけ。暖炉のわきにはベッドを暖める長い柄のついたウォーミング・パン（湯たんぽ）も用意されていた。

ブロス夫人の家財が続々と運ばれてきた。まずは大きな籠に入ったギネスの黒ビールとこうもり傘、ついで大型のトランクがいくつもあって、さてお次は木靴に帽子箱。エアクッションのついた安楽椅子があって、それからは中に何が入っているか見当のつかない荷物が続いた。そしてまだまだ荷物は続くのだが、ここでブロス夫人とメイドのアグネスがご到着。アグネスは桜色のメリノの服を着て、透かしの入った靴下にサンダル靴。何やら舞台に出てくる可愛らしい道化のコロンビーナのようだった。

先ごろ行われたウエリントン公爵やオックスフォード大学総長の叙任、就任の式典で、喧騒をものともしないで機智あふるる演説をした民法博士がいたが、このブロス夫人の新居の騒ぎをみたら、おそれをなして弁舌どころか、真っ平ご免と引き下がったことだろう。もっとも、歳のいったご婦人であれば、こうした引っ越し騒動の中でも、いやご同慶ご同慶とばかりに、まことに時宜にかなった挨拶を述べることができるというものだが。

さて、八時半と十時にマトンチョップを召し上がるという未亡人は、引っ越し騒ぎにすっかり疲れてしまい、翌朝までは面会謝絶という始末。マトンチョップにピクルス、黒ビールのボトルに丸薬などの薬の山が部屋に運び込まれ、夫人のお召し上がりを待つことになった。

「奥様は、どうお考えですか」新居に着いてから三時間ほどしたとき、詮索好きのアグネスがご主人様にきいた。

「奥様は、どうお考えですか。家主の奥さん、結婚されているんでしょうか？」

「結婚ですって！」と、ブロス夫人。丸薬をギネスでぐいと一口やったところだった。

「結婚ですって！　むちゃなこと、おいいでないよ！」

「でも、ほんとなんです、奥様」と、コロンビーナは続けた。「家主の奥さんの旦那様が、それが奥様、生きているんですよ。その人、その旦那様、キッチンで暮らしているんですって、奥様」

「キッチンでだって！」

「そうなんです。その人、その旦那様は、ハウスメイドから聞いたんですけど、日曜だけしか居間に入ってこないんですって。それに、ミズ・チブスはこの人にブーツを磨かせているそうです。ときどきは窓も磨かせて。それにですね、ある朝早い時間に、表のバルコニーで居間の窓を掃除しているとき、通りの向こう側にいる人に『やあ、ミスター・カールトン、おはよう』って声をかけたんですって。その人、以前ここに住んでいた人なんです」

ここでアグネスは声をたてて笑ったが、ブロス夫人もやっとことの次第が分かって、くすくすと、引き付けでも起こしたように笑い出してしまった。

「ま、いやじゃない、そんなことって」と、ブロス夫人。

「そうでしょう。それに奥様、使用人たちがこの人にときどきジンの水割りを上げたりしているんです。そうすると、彼泣きながら女房も入居人の奴らも憎ったらしい、奴らを懲《こ》らしめてやりたいっていっているそうですよ」

「入居人を懲らしめるって!」と、ミセス・ブロスはびっくりして叫んだ。

「いえね、入居人でなくて、使用人だったかしら」

「まあ、驚いたわ」と、ほっとしたミセス・ブロス。

「あの人、私にキスしようとしたんです。ちょうど今、キッチンの階段を上ってくるときでしたわ」と、アグネスが思い出しても憤慨といった様子だったが。

「でも、私、させちゃったんです。ほんとに、嫌な奴だわ」

この情報には嘘偽りがなかった。これまでの、長くつづいた無視軽視。昼間はキッチンで過ごし、夜は折りたたみ式のベッドとまで追い詰められて、この惨めな志願兵のチブス氏が、これまでなんとか維持してきた気力も、ここでぱたりと打ち砕かれてしまった。今や使用人たちの他には、恨《うら》み辛《つら》みを語る相手がいなかった。彼ら使用人こそ、チブス氏のかけがえのない腹心の友になったのだった。おそらくは軍隊にいたときに芽生えたのだろうが、近ごろは、いくつかの精神的なもろさが現れてきていた。チブス氏には似合わぬはずだったが、娘っ子相手の悪ふざけも、彼の慰みとなっているようだった。

身の不幸や後悔や責め苦にじっと耐え抜き、鬱憤《うっぷん》は使用人を相手にぶちまける地下室版のドン・ジュアンといったら、少々いい過ぎになるだろうか。

翌朝は日曜日。表の居間で十時に朝食が調えられた。いつもは九時の朝食だったが、安息日には一時間遅くとるようにしていた。チブス氏は日曜の服装に着替えていた。居間に現れた出で立ちは、黒の上着にはなはだしく短い細身のズボン。すごく大きな白のチョッキに白の靴下、それにクラヴァットネクタイ。靴は編み上げのブルーチャー・ブーツ。だれも降りてきていないので、スプーンでポットからミルクをすくって、機嫌よく飲んでいた。

階段を降りてくるスリッパの音が聞こえると、チブスは椅子に飛び込んだ。不機嫌な顔をした五十がらみの男が部屋にはいってきた。その頭には、あるべきものがごくわずかしか残っていなかった。手には日曜版を持っている。

「おはようございます、ミスター・エヴェンソン」チブスはうなずいたのか、お辞儀をしたのか、どちらともいえない程度に頭を下げて、すこぶる丁寧な語調でいった。

「いや、おはよう、ミスター・チブス」と、スリッパの主が席につきながら応えた。こういってしまうと、もう一言もいわずに新聞を読み始めた。

「ミスター・ウィスバトルは今日は町ですかね」何かいわなければという思いで、チブスがいった。

「そうでしょうな」と、不機嫌な顔の紳士が答えた。「隣の部屋で『ライト・ギター』を口笛で歌っていたから。たしか朝の五時にね」

「彼は口笛が好きですな」作り笑いをしながらチブス。

「たしかに。ぼくは好かんですな」と、無口氏は答える。

ミスター・ジョン・エヴェンソンには、郊外のあちこちにある、いろいろなタイプの家作からの上がりがあって、働かなくても暮らせるご身分だった。むっつりしていて、現状不満型。徹底した過激派で、街で集会があればいつでも顔を出して、何かもっともらしいことが提案されると、それにケチをつけるのがお楽しみのようだった。

話に出たミスター・ウィスバトルはこれとは違って、政治的にトーリー党で、王室御領森林局に勤めていて、ここを自分にふさわしい貴族の職場であると思っていた。貴族名鑑をすっかり暗記していて、即座に著名人物が住んでいる通りの名をあげることができた。歯並び良し。専属仕立て屋あり。そうした資質があればこそ、われこそはミスター・ウィスバトルでござる、といった様子。というわけで、この二人いつも議論の種を探し出しては丁丁発止《ちょうちょうはっし》、この家の住人にとってすこぶるつきの刺激になっていた。めっぽう口笛好きであるだけでなく、その歌唱力もなかなかで、捨てたものではなかった。

奥の居間にいる紳士の他にミスター・アルフレッド・トムキンスとミスター・フレデリック・オブリアリーの二人の下宿人がいた。

トムキンスはワインハウスで働いていて、絵画に詳しいのが自慢といったところ。とくに「ピクチャレスク(古典絵画的)」ともてはやされている風景画に造詣があった。

オブリアリーは近ごろイングランドに移ってきたアイルランド人で、まだ田舎《いなか》丸だしといったところ。薬屋でもいい、役所でもいい、俳優でも記者でも、なんでもござれと仕事を探していた。アイルランド国会議員と、それも二人の議員閣下と親しく付き合っているので、議院にいるお偉方《えらがた》に無料送達で手紙が出せる特権をもっていたし、自分には生まれつきの美徳があるのだから、すばらしい運が拓けるものと確信していた。黒と白のチェックのズボンをはき、通りを歩くときはご婦人方のボンネットを下から見上げて、品評におよぶという悪い癖があった。態度も風貌も、まるで民話に出てくる森の住人、双子のオーソンの片割れのよう、といえばよいだろう。

「や、ミスター・ウィスバトルがお成りですぞ」と、チブスがいった。ウィスバトルはブルーのスリッパを履き、ショールのガウンを身にまとい、口笛でロッシーニの『泥棒かささぎ』の一節を軽やかに奏しながら入ってきた。

「おはようございます」と、チブス。チブスがこの家で口をきいたといっても、せいぜいが挨拶だけだった。

「おはよう、ミスター・チブス」アマチュア演奏家は面倒臭そうに応えると、窓の方に歩いて行って、いちだんと高い音色で口笛を吹きまくった。

「こいつはたまらんな！」新聞に目をやったまま、大型のマスチフ犬が唸るように、過激派のエヴェンソンが唸りつけた。

「結構でしたね、お気に召して」ウィスバトルは上機嫌で応えた。

「もすこし小さく吹いたら、曲にならないとでも思っているのかね」と、マスチフ犬が不機嫌にうめいた。

「いや、大小高低、いずれでも曲になるからお好み次第に」と、王室御領森林局勤めのウィスバトルは、猛犬を歯牙《しが》にもかけない様子で応じた。

「いいかいウィスバトル」エヴェンソンは朝まだ床に入っているうちから、もう何時間というもの怒りをこらえていたので、その語気には殺気があふれていた。

「君が今度、朝の五時に『ライト・ギター』を吹きたくなったら、嫌でも応でも君の頭を窓の外に突き出してやるから、存分にやるがいい。それとも何かい、トライアングルでも習って、キンキンやってやろうか。それとも……」

ここで「ミセス・チブスの家」の主であるチブス夫人が小さな籠にいくつかの鍵を入れて登場。せっかくの脅迫も中断され、破局に至らずにすんだ。

チブス夫人は食卓につくのが遅くなったことを詫びた。鈴を鳴らすと、ジェームスが大きいコーヒー沸かしをもってきた。そしてドライトーストとベーコンの注文を受けていたが、全員が顔を出すまでは下がるわけにいかない。ご亭主のチブスは末席で、サラダボールから苦いクレソンをとり分けて貪《むさぼ》っていたが、その様子ときたら、荒野に放たれたバビロンのネブカデネザル王が野獣に混ざって牛のように草を食《は》んでいる様子。

やっとアイルランドの若者オブリアリーが現れ、美術愛好家のトムキンスが続いた。朝のご挨拶が交わされ、モーニング・ティーが出された。

「おやまあ、何ってことだ!」窓から外を見ていたトムキンスが叫んだ。

「ちょっと、ウィスバトル、ここにきてごらん、急いで」

ウィスバトルはテーブルを離れ、一同がトムキンスの指差す方を見やった。自分の右側にウィスバトルを立たせて、自称ピクチャレスク鑑定家が続けた。

「見えるかい、も少しこっちだ。見たまえ、四十八番地の壊れた煙突の通風管の左手に光がかかっているだろう」

「なるほど！」と、ウィスバトルが感嘆した調子で応えた。

「ぼくはこれまで、すみきった空に何かが、オブジェがだね、こんなにきれいに突き出ているのを見たことがないぜ」ミスター・トムキンスが叫んだ。

不平居士《こじ》のエヴェンソンをのぞいて、だれもが同じような感想を述べたてた。それというのもこのピクチャレスク鑑定家が、だれにも見出せない美しさを、だれに頼まれるわけでもないのに、いつだってたやすく見つけ出してしまうという、めずらしい才能の持ち主だったからである。

「ぼくはね、ダブリンの大学キャンパスで煙突通風管を何度も見てきたけど、そいつはもっとすばらしかったよ」愛郷家のオブリアリーがいった。

彼は何かにつけアイルランドが一番でなければ気に食わなかった。しかしここではトムキンスが、壊れていようといまいと、わが連合王国中でこの四十八番地の煙突の通風管ほど美しいものはないだろう、と宣言したので、だれも愛郷家の証言を信じる者はなかった。

突然、部屋の扉が開かれ、アグネスがブロス夫人の手をとって現れた。夫人は紅色をしたモスリンのガウンを身にまとい、特製の時計鎖のついた、とてつもなく大きな金の懐中時計をきらきらさせ、巨大な粒の宝石をとりどりに組み合わせた見事な指輪もいくつか指にしていた。一同がお席へと殺到、そしてお定《さだ》まりの紹介が始まった。

不平居士のエヴェンソンは頭をやや傾《かし》げただけ。アイルランドのオブリアリー、ワインハウス勤めのトムキンス、それに口笛吹奏家のウィスバトルの三人は、ここぞとばかり恭しく頭を下げて礼をしたが、陶器に描かれている清《しん》国のお役人のようだった。ご亭主殿のチブスは両手を擦り、ぐるりと回ってご一同の仲間入りをした。片目を閉じ、他の者には何ら関心ももたないといった機械人形のような表情をつくっていたが、これがそれ、あのメイドのアグネスをお目当てにしたウインクではなかったかと思われたのだが——中傷は無用、本件についてはさらなる論議を重ねなければならないだろう。ミスター・チブスは普段よりも低い調子の声で、ブロス夫人にお身体の具合を訊《たず》ねていた。

ブロス夫人はさまざまな挨拶にそれ相当の答えで応じていたが、エチケットの先生が仰天するような、それはそれはお見事な心得だったたし、お言葉の方は、当世人気の文法学者、リンドレー・マレー大先生に教えてあげたくなるような、最上級の侮辱表現があれば、幼児語、丁寧語、文章語、俗語も駆使するといった、範例集にない自由な表現だった。

ところで、ここで話に一息、ピリオドを打っておこう。

この休止符のちょっとした間に、驚くほどのスピードで食べ物が消えていった。

「この間ご婦人方が現れて居間においでになったときは、ずいぶんとお娯《たの》しみだったでしょうね」

チブス夫人が何か話題にと、きっかけを作った。

「ええ」森の住人オーソンことオブリアリーが、口いっぱいにトーストを頬ばりながら答えた。

「これまであんなの見たこともなかったね。どうだい?」ウィスバトルが促した。

「たしかに。ダブリン総領事のレセプションは別だがね」と、オブリアリー。

「少なくともここの居間のようだったかな?」

「あっちの方が、だんぜんすぐれていたさ!」

「そうかい。で、御後室のパブリカッシ公爵夫人はいかが遊ばされていましたかね。

一番豪華な装いで、並び立つるはスラッペンバッヘンホーゼン男爵だったかな」

「何があってお出ましになったんだね？」と、エヴェンソンがきいた。

「イングランドへのご到着だよ」

「そうだろうね」と、不平家が唸った。「あの連中のお集まりといったら、そんなもんだからね。なんだかだ、ご予定なるものがぎっしりおありだろうからね」

「でも、いかがあそばします。どなたもお約、お約束、だらけでありませんでしたら」と、消え入るような声でブロス夫人が話に加わった。

「左様しからばですな。そいつは絢爛豪華《けんらんごうか》ですね」と、話をはぐらかせてウィスバトルがいった。

「君がそんなことになるわけないじゃないか」と、一言居士のミスター過激派が口を出した。

「君がそんなことになるわけないじゃないか。社交の豪華衣装なんて買えるはずがないじゃないか」

「もしも、もしもだ、そういうことになったら、そりゃ喜んで調えますよ」と、口笛上手のウィスバトルがいった。

「そうかい。もしもぼくがそういう破目に陥ったら」と、エヴェンソン。「ぼくはそんなの買うのはいやだね。で、どうするかといえば、どうするかといえばだな」といって、新聞を下に置き、テーブルをコツコツ叩きながら過激派氏は続けた。

「大体だね、二つの大原則があるんだ、まず需要だが……」

「すまんが、ティーを貰えないかな」と、ご亭主のチブスが割り込んだ。

「それと供給が……」

「ご迷惑ですが、これをミスター・チブスに手渡していただけませんか」と、チブス夫人。議論を中断させることにもなったが、続けるまでもなく、その様子からみて、この議論がどんな進展をみせるかだれにも察しがついていた。チブス夫妻の計らいで、雄弁家の演説の糸がぷつんと切れた。彼は自分のティーを飲むと、また新聞を読みだした。

「嬉しいことに、ぼくは今日リッチモンドに馬車で行って、蒸気船で帰ってくるんですよ」

絵画鑑定家のトムキンスがだれにともなく話しだした。

「テームズ川の光と影が名状しがたき見事な効果をかもしだし、おお空の青よ、川面《かわも》の黄よ、そのコントラストときたら絵にも描けない美しさ。いやすこぶる、すこぶる……」

「流れ行け、輝く川よ」

ウィスバトルがトマス・モアの流行《はや》り歌をハミングした。

「いやぁ、アイルランドにはすばらしい蒸気船がいく台も、いえ、いく艘かありましてね」

蒸気船と聞いて、黙っていられなくなって、愛郷家のオブリアリーが横合いから口を出した。

「その通りでございますわ」と、今度はブロス夫人。自分が仲間入りできる話題になって、さてこそ、と嬉しくなってきた。

「それと、設備も上々といったところで」と、オブリアリー。

「まったく、その通りでございますわ」ブロス夫人がお返し。

「そうなんでございまするのよ。ミスター・ブロスが生存、いえ存命でしたか、そうなんですよ、お仕事でアイルランドに行かなきゃ、とべら棒でございましたの。わたくし、いっしょに行きましたの。ほんとに、寝台車に殿方とご婦人方がいっしょに詰め合わせだなんて、べら棒で、立派とはいえませんわね」

ご亭主殿のチブスはこの話に耳を傾けていたが、驚き呆れた様子で、ここはどうしてもきいておかなければという素振りをみせたが、奥方のひと睨《にら》みに抑えられてしまった。ウィスバトルは笑って、トムキンスが気取った物言いをしたね、といった。トムキンスは笑って、してないよ、と応えた。

いつもの朝食と同じメニューでテーブルが賑やかになり、会話は途絶えがち、だれもがスプーンで奮闘ということになった。食事が終わり、男たちは窓から外を眺めたり、部屋の中を歩き回ったりしていた。引き上げるのが難しい。たまたまドアの近くだったので、といった様子で、一人二人と部屋を出ていった。チブスは奥方の命令を受けて、青物屋の週間勘定書きをチェックするために奥の居間に引っ込んでいった。

そして、とうとうチブス夫人とブロス夫人の二人が居残ることになった。

「なんだか、とてもとても、わたくし、気が遠くなりそうだわ。とてつもなく可笑《おか》しいざんしょ」と、ブロス夫人がいったが、たしかに気が遠くなりそうとは、可笑しなことだった。この朝彼女は、計れば四ポンドにもなろうという固形物をお召し上がりになったのだから。

「あらいやだわ。わたくし、まだお目にかかっていませんわ。ほれ、何とかかんとかさん」と、ブロス夫人がいった。

「ミスター・ゴブラーでしょう」と、チブス夫人。

「そう、その人だわ」

「ほんとに、この方はいちばん妙ちくりんな人物なんですよ。いつもきまって食事は上でおとりになって、ときには何週間も部屋から出てこないんですから」

「そう、その人だわ。まだ、その人のこと何も聞いていませんわ」と、ブロス夫人が繰り返した。

「今夜きっと聞けますよ」と、チブス夫人が応えた。「あの人、いつも日曜の夜にとてつもないうめき声をあげますから」

「初めてだわ。そういう殿方って、わたくし、すごく興味津々《しんしん》なんですのよ」ブロス夫人はチブス夫人の説明に、いかにも感じ入ったという様子。

せっかく話がはずむところだったが、ここでノックがあってドクター・ウォスキーの訪問がつげられ、お医師様がにこやかに現れた。ドクターは赤ら顔で、とうぜん着るものは黒、アイロンのきいた白いハンカチを胸にさしていた。もう長年お医者様をやっていて、それなりの、かなりの金持ちだった。自分がこれまで診てきた家庭の、すべてのご婦人方の、すべてのご婦人方が思いつく難病奇病のお話を、どこのだれとはいわずに何かとそつなく話すのが得意で、おかげで財をなしたというドクターだった。

チブス夫人は席をはずそうとしたが、乞われて同席することになった。

「奥様、本日はご機嫌いかがですか」と、ドクター・ウォスキーが病人を慰めるような調子できいた。

「すごく悪いんです、ドクター」と、ブロス夫人がささやくようにいった。

「いやまったく、いつもお大事になさっていないと、いやまったく、お大事に」と、お上手をいいながら、ドクター・ウォスキーは彼の大事な患者さんの脈をとった。

「で、召し上がる方はいかがですか」

ブロス夫人は手を振った。

「これはだいぶ用心いたしませんと」ドクター・ウォスキーはチブス夫人に向かって同意を求めた。もちろん異論も異議もなかった。

「ほんとに、何とかして奥様が元のようにお丈夫になられるとよいのですけど」

こういいながら、チブス夫人はこの患者がすっかり丈夫になったとしたら、一体どんな食欲で召し上がることになるか、内心おそれをなしていた。

「刺激興奮剤を差し上げましょう」と、策略家のドクター。

「栄養をたっぷりおとりになって、それから、それからして腺病質であられる患者さんですから、なによりも安静にされませんと。できるだけ、いや絶対に安静ですな。気持ちをいらいらさせてはなりませんな」と、このようにご宣託を下して診察料をポケットに納めた。「いやまったく、絶対安静です」

「おやさしい先生だわ！」ドクターが馬車に乗り込もうとしたとき、ブロス夫人が思いあまったかのようにいった。

「ほんとにすてきなお方だわ。女好きのするお医師様ですこと！」

チブス夫人はこういって、ブロス夫人の味方であることを宣言した。ドクター・ウォスキーの方は、デリケートなご婦人を新たなるカモにし、新たなる診察料でポケットを満たすべしと、さっそうと馬車を走らせた。

チブス夫人の用意するディナーの様子については、先に述べておいたのでご記憶にあろうが、いついかなるときでも同じメニューで用意されていたのだから、いまさら頁《ページ》を割《さ》いてもお退屈さまになるので、ここで話を変えて、「ミセス・チブスの家」の内々の事情なるものに移ろう。

どこでもあることだが、事件は相次いで起こるもの。奥の居間に風変わりな入居者がいることはすでに述べておいたが、この男、ものぐさで自分勝手の心気症病み、何かにつけて文句をつけているが、決して病んでなんかいない人物。どこから見ても自己陶酔《とうすい》型のブロス夫人の性格にぴたりと当てはまっていた。というわけで、いつの間にかこの二人の間にきわめて親密な友情が生まれていた。

彼は背が高く、痩せて青白く、いつもどこかがひどく痛んでいると思っていた。そのため彼の顔には他人につねられでもしたような、ゆがんだ表情があった。とてつもなく熱い湯桶の中に、いやいや足を入れているような、そんな表情をしていた。

コーラム通りの「ミセス・チブスの家」にブロス夫人が現れてから二、三カ月の間というもの、日毎《ひごと》に心気症病みのエヴェンソンの機嫌が悪くなり、ますます嫌味をいうようになってきた。その様子をつぶさに見ると、何やら曰くありげで、あきらかに何か発見して、機会があればすっぱ抜いてやるぞ、といった様子。そしてついにそのときがきたのだった。

ある夜、入居者一同が居間により集まって、それぞれに気に入った席についていたときのことだった。

「お腹のない」ゴブラー氏と、ブロス夫人が窓に近い小さな折りたたみ式のカードテーブルに坐って、トランプのクリベッジをやっていた。ウィスバトルは何かの曲をハミングしながら、ピアノの上の本を広げて、頁を繰っては椅子の上に半円を描いていた。トムキンスは丸テーブルで、両ひじをしっかりはって、鉛筆で自分の顔よりもかなり大きい顔をスケッチしていた。オブリアリーはホラティウスを読んでいて、このローマの詩人をいかにも理解しているかのような顔をしていた。

一言居士のエヴェンソンが、チブス夫人の仕事机に椅子を寄せて、声をひそめてひどく熱心に話していた。

「いや確かなんですよ、ミセス・チブス」と、チブス夫人のお針仕事に人差し指を置きながら、エヴェンソンがいった。

「いや確かなんですよ、ミセス・チブス。ぼくが関心のあるのは、この家の繁栄だけですからね。おかげでこうしてお付き合いできるんですから。重ねていいますが、ウィスバトルがあのメイドのアグネスの、そうなんですよ、彼女の恋慕の情を捉えようと、やっきになっているとしか思えないんですよ。彼、いつも二階の、彼女が使っている納《なん》戸《ど》で、屋根を伝って忍び込んで、彼女と会ってるんですよ。ぼくの寝室からはっきり話し声を聞いたんですよ、昨夜のことでしたが。すぐドアを開けて、踊り場にそうっと忍び出てみると、いいですかミスター・チブスがいたんです。彼もまた眠りを妨げられたようでした。おやどうしたんです、ミセス・チブス、顔色が変わってしまって」

「いえ、なんでもありません。お部屋の熱気のせいですよ」と、チブス夫人は急《せ》き込んで答えた。

「どう、フラッシュよ。四枚そろいだわ」カードテーブルで、ブロス夫人が声をあげた。

「それ、ミスター・ウィスバトルだったと思いますよ。たしかに」と、ちょっと息を入れてからチブス夫人がいった。「あの人には、即刻立ち退いてもらわなければ」

「さぁ、いかが」と、これはブロス夫人の声。

「でも、問題だわね」と、すこぶる険悪な様子でチブス夫人が続けた。「もしミスター・チブスが手を貸しているとすると……」

「四枚そろいとは恐れ入ったな」と、今度はゴブラーの声。

「いやいや」と、いつもは騒ぎを起こすのが大好きというエヴェンソンが、なだめるような調子でいった。「ミスター・チブスが、本件に少しの関わりもなければいいんですけどね。いつだってぼくには、まったく無害の人ですからね、彼は」

「あの人、いつもそう思わせていて」といって、哀れなチブス夫人はすすり泣いた。その頬にはジョウロを傾けたかのように涙が流れた。

「シッ、シッ！　お願いですから、ミセス・チブス、さ、考えてみましょう、ほれ、皆に気づかれますよ、だめですよ、泣かないで！」

エヴェンソンは、計画が台無しになるのを恐れて奥方をなだめた。

「いいですか、この件は極力注意してゆっくりと扱わなければ。よろこんでお手伝いしますよ、極力」

チブス夫人は小声で、ありがとうとつぶやいた。

「どうでしょう、今夜皆が寝静まってから」と、エヴェンソンがわざとらしい調子でいった。

「明かりのないところで、ぼくに会いにきてくれますか、ぼくの寝室のドアまで。階段の窓のそばですよ。そこで連中の正体を確かめて、そうしてから、存分の処置をすればいいでしょう」

チブス夫人はすぐさま同意した。その好奇心は高ぶり、嫉妬の焰は燃えあがり、直ちに手筈が整えられた。彼女は針仕事に戻り、過激派のエヴェンソンは両の手をポケットに入れて、様子をうかがうように居間を歩きまわった。トランプは終わっていて、また会話が交わされていた。

「でね、ミスター・オブリアリー」と、口笛吹奏家がぐるりと向きを変え、愛郷家と向かい合った。「この間のヴァクスホール・ガーデンでやっていた極地展について、君はどう思う？」

「いやぁ、見事だったね」と、愛郷家が答えた。彼はどんな展示会でも熱狂的に喜んで出向いては感激していた。

「あのキャプテン・ロスのセットなんて、これまで見たことないよ、そうだろ？」

「そうかもしれんが」と、愛郷家はいつもの伝で受けとめた。「ダブリンをのぞけばね」

「ガーデンでド・カンキー公爵とフィッツトムソン大佐を見かけたよ」と、ウィスバトル。「すこぶるお慶《よろこ》びのご様子、といったところかな」

「いかにも、見事なことで御座《ござ》った、御座った」エヴェンソンが唸るようにいった。

「白熊ときたら御念を、いえ格段を入れた、上々の出来でしたわ」と、ブロス夫人が言葉を継いだ。「あの毛むくじゃらの白いコート着てざんしょ、どれもこれもまるで北極熊のように見えましたわ。そうじゃなくって、ミスター・エヴェンソン」

「ぼくにいわせりゃ、あれはオール・フォーのオムニバス・カードのようだったな」

と、一言居士がトランプに例えて応じた。

「さてさて、こうして集まって話すのがなによりだなんて、どうしてそう思わねばならんのかな」ミスター・ゴブラーが喘《あえ》ぎながらいった。「ところで、いやな風邪を引いてしまったようだ。いつもの痛みがますますひどくなってくる。部屋を出る前に、たまらなくなって、何回かシャワーを浴びたせいかな」

「すばらしいことだよ、シャワー万歳だ」ウィスバトルが叫んだ。

「極上だ！」と、トムキンス。

「最高、最高！」オブリアリーがわきから相槌。彼は以前、ブリキ屋の店先でシャワーを見たことがあった。

「唾棄《だき》すべき機械だよ」と、エヴェンソンが加わった。彼にとってはそれが男性名詞であろうと、女性名詞であろうと中性名詞であろうと、大陸からきたものだろうと、発明品はなんでもお気に召さなかった。

「唾棄すべきもんだよ、ミスター・エヴェンソン」と、義憤の念にかられてか、ゴブラーが同調した。「唾棄すべき機械だよ、まったく。効用、効能といっているけど、なんだい、あの発汗促進ときたら。いったい何人の命を救ったのかね」

「発汗促進ね、たしかに」過激派のエヴェンソンが唸り、カーペットに織りこまれている大きな、四角い模様をひょいと跨いだ。

「以前のことだけど、おだてられてあれを寝室に持ち込んだんだよ、大馬鹿だった。ところで、一回だけだけど、使ったんだよ。たしかに効果はあったさ。このぼくをたっぷりご治療あそばされたよ。それから半年というもの、機械を見るだけで発汗促進になったんだからね」

これをきいて、方々からくすくす笑いが起こり、それがまだおさまらないうちにテーブル係のジェームスが現れて「大皿」が運ばれてきた。ディナーのときお目見えを果したラムの脚肉の残り、パン、チーズ、バターが少々載ったパセリの森。ピクルスにしたクルミ一個、それに各種お残りの盛りあわせ。ボーイがいったん下がって、今度はコップと、水とお湯の水差しをトレーにのせて現れた。紳士たちは好みのスピリットを棚からもってきた。ハウスメイドが寝室用の金メッキや銀メッキのロウソク立てをカードテーブルの下においた。使用人たちはこれでご用済み。テーブルのまわりに椅子が寄せられ、いつものように話が弾んだ。

心気症病みのエヴェンソンは夜食をとらないことにしていたので、ソファの上に寝転んで、人の話にケチをつけては楽しんでいた。オブリアリーは手当たり次第に頬ばっていたし、チブス夫人はそれなりの理由があって、義憤覚めやらぬといった状態。ゴブラーとブロス夫人は錠剤や他愛ない娯楽を話題にすこぶる穏やかに語り合っていて、一方トムキンスとウィスバトルは何やら議論を始めていた。二人とも声高に熱心に、自分の方が何かで得をしたと自慢しているのだが、一体何を自慢しているのか、事の次第をどちらもはっきり分かっていないようだった。

こうして一時間たち二時間すぎて、一同は手に手に金銀メッキのロウソク立てをもってそれぞれの部屋にさがっていった。エヴェンソンはブーツを脱いで、部屋の鍵をかけ、ゴブラーが寝つくまでは起きているぞと心に決めた。ゴブラーはいつも、皆が去ってから一時間ほど居間に残っていて、薬を飲んだりうめいたりしていたのだった。

グレート・コーラム通りの人々は眠りにつき、辺りはすっかり静まり返っていた。夜中の二時になったろうか。辻馬車がときどきゆっくりと走っていた。どこかの弁護士事務所の書記が道に迷って炭《たん》がら置き場の上でも歩いているのだろう、靴底の金具をカチリカチリと響かせていたが、その響きは煙突に仕掛けた串焼き棒が立てる音に似ていた。単調で低い響きが絶えず聞こえていて、この夜のしじまをいっそうと物悲しくさせていた。十一番地で給水塔に水を吸い上げている音だった。

「この時間なら奴も寝込んでいるだろう」と、エヴェンソンはひとり言した。ゴブラーが居間を出てから一時間近く、お手本になるような忍耐を重ねて待っていたのだった。もう少し、耳をすましてみた。家中まったく静かで、物音一つなかった。彼はロウソクを消して部屋のドアを開けた。階段は暗く、何も見えなかった。

「シーッ」と、せっかくの逢引きをぶち壊そうとたくらんだ、おせっかいな仲違い請負人がささやいた。回転花火がうまい具合に打ちあがる気配をみせるとき、まずはシーッという音がするのだが、エヴェンソンの「シーッ」はまさにそれだった。

「静かに!」と、もう一人の人物。

「あなたですね、ミセス・チブス」

「そうですよ」

「どこ?」

「ここですよ」

チブス夫人の姿が階段窓におぼろに浮かんできた。『リチャード三世』の天幕の場でアン女王の幽霊が現れたようだった。

「こっちですよ、ミセス・チブス」と、おせっかい焼きが嬉しそうにささやいた。

「さあ、手を出してください。ほら。誰がいるか、いま納戸にいるでしょう。ぼくはこっちの窓から見ているのだけど。彼ら、うっかりロウソク立てをひっくり返してしまって、すっかり暗闇の中ですね。ところで、靴をはいていますか？」

「はいていませんよ」チブス夫人がふるえながら辛うじて答えた。

「では、ぼくもブーツを脱いで、いっしょに下におりて、納戸のドア近くにいきましょう。手すり越しに何をいっているか聞けるでしょうから」

二人が階段を降りていくと、階段が洗濯機のローラーのようにきしんでギーギーと唸った。

「ウィスバトルとだれかですよ、きっと」と、過激氏は勢いよくささやいて、しばらく耳をすました。

「静かに。あの人たちが何をいっているか聞かなくちゃ！」チブス夫人が唸った。彼女の好奇心は今やその絶頂。もう他のことは念頭になかった。

「ああ、あなたを信じてさえいれば、それでいいなら」と、あだっぽい女性の声。「あたし、おそらく奥様の生命《いのち》を、そうだわ、がんばって、奥様が死ぬまで、辛抱できるかもしれないわ」

「彼女、何ていってるんです？」と、相棒よりも居所が悪いところにいるエヴェンソンがきいた。

「奥様の生命を、ですって」と、チブス夫人。

「ひどい奴らだ。あいつら殺人を企んでますね」

「あなたお金がないんでしょう」あだっぽい声がまた聞こえてきた。まさしくアグネスの声だった。「あたしに五百ポンドくれれば、請けあうわ、きっと火をつけたように、カッカと燃えあがって、飛びついてくる話だわ」

「なんていってます？」再びエヴェンソンがきいた。ここで聞き漏らしては真夜中に起き出してきた意味がない。

「この家に火をつけるって。そういってるのよ」恐れをなしたチブス夫人が答えた。

「でもよかった。フェニックス保険に入っていて」

「きみの奥様をぼくがものにしたら、ねえきみ」と、これはアイルランド訛《なま》りの強い男の声。「きみはもう五百ポンド手にしたも同然さ」

「こりゃ驚いたわ。ミスター・オブリアリーだわ」チブス夫人が小声でいった。

「悪党奴《め》！」憤慨した過激派のエヴェンソン。

「まず第一にやるべきことは」と、アイルランド人が続けた。「ミスター・ゴブラーの夫人への思いをめちゃめちゃにすることだな。奴に身の毒だと教えてね」

「そうだわ。あたしが毒だと呑みこませるわ」アグネスが応じた。

「何をいっているの？」好奇心に耐えられず、囁《ささや》き声でエヴェンソンがきいた。

「彼の話だと、彼女がミスター・ゴブラーに毒をもるつもりですよ」話の成行きから尊い犠牲がでるものと思い込み、すっかり仰天してチブス夫人が答えた。

「ミセス・チブスの方は」と、オブリアリーが続けた。これをきいてチブス夫人はぶるるっと身震い。まさに失神寸前といったありさまだった。

「シッ！　静かに！」立ち聞きに気づいたアグネスが警告を発した。

「静かに！」と、エヴェンソンが同時にチブス夫人に警告。

「だれかが階段を上がってくるわ」アグネスがオブリアリーにいった。

「だれかが階段を下りてきますよ」エヴェンソンがチブス夫人にささやいた。

「居間にいきましょうよ」と、アグネスが陰謀仲間にいった。「だれか人がくる前に、キッチンの階段のところにいって居間に入れば」

「居間ですよ、ミセス・チブス」と、すっかり仰天したエヴェンソンが、同じように仰天している立ち聞きのお仲間にささやき、ひたすら階段を下りてくる者、上がってくる者の気配に耳をすませながら、そおっと居間に向かった。

「一体、これは何だというのかしら？」と、ミセス・チブスが語気を強めていった。「まるで夢をみているみたい。こんなことになるなんて、これっぱかりも思っていなかったわ」

「ぼくもそうですよ」と、エヴェンソンが応じた。この場におよんで自分をジョークの種にするゆとりなどまったくなかった。「シーッ、静かに！　奴らがドアのところにいますよ」

「面白いね！」新しい登場人物の一人がささやいた。口笛上手のウィスバトルだった。

「ひどいこった」と、そのお仲間が、同じように低い声で応えた。これはもちろん絵画鑑賞家のトムキンスだった。

「だれが考えついたんだい？」

「だからいっただろう」と、ウィスバトルがひどく得意そうにささやいた。「いいかい。彼はこの二カ月ほど、きわめて尋常ならざる関心をもっていたのさ、彼女に。ぼくは今夜ピアノのとこにいたとき、彼らがねんごろに寄り添っているのを見たんだよ」

「で、なにかい、ぼくが気づかなかったとでもいうのかい」と、トムキンスがさえぎった。

「気づくもんか！」と、ウィスバトルが続けた。「いいかい。彼が彼女にささやいていたんだ。彼女は泣いていた。いいかい、今夜、皆が寝静まってからどうするか、こそこそ話しているのを聞いたんだよ」

「あの人たち、私たちのことといっているんだわ」といって、チブス夫人は身悶《みもだ》えた。とんでもない立場に陥ってしまった、あの胸苦しい疑惑は何だったのだろう。

「分かります、分かりますよ」と、エヴェンソンが陰気に応えた。もはや逃げ出すことができないことが分かった。

「どうすればいいのよ。二人ともここにいるわけにいかないじゃない！」と、錯乱状態になってチブス夫人が叫んだ。

「ぼく、煙突に上りますよ」と、エヴェンソンが応えた。もう彼も自分が何をいっているのか分かっていなかった。

「できっこないじゃない」と、チブス夫人。すっかり絶望してしまった。「あれは煙突なしの通気装置つきのストーブなのよ」

「シーッ、静かに」と、エヴェンソン。

「シーッ、シーッ」と、だれかが階段を下りながらいった。

「静かに、といったってどうしようもないよ」と、トムキンス。もう落ち着いてなんぞいられないぞ、といった様子だった。

「ほら、きたぞ！」と、したり顔のウィスバトルが叫んだ。納戸で人の動く音が聞こえたのだった。

「ほら！」と、若者二人がささやきあった。

「ほら！」と、チブス夫人とエヴェンソンが繰り返した。

「ねえ、一人にさせてくださらない」と、納戸で女の声。

「おお、ハグネス！」と、別の、もう一人の声。これぞだれあろう、ご亭主チブスの声であることは明々白々だった。「おお、ハグネス、なんと可愛いんだ！」

「静かにしてくださいな」と、ここで跳ね回る音が続いた。

「ハグネ――」

「お願い、静かにして。軽蔑しますよ。奥さんのミセス・チブスのこと考えて。さ、静かにしてくださいな」

「奥さんだって！」と、勇敢なるチブスが叫んだ。水割りジンのおかげで自制心を失ったとも、おかげで自立できたとも。ご亭主殿は一体だれを愛することになったのだろう。オブリアリーがいち早く忍び出て、残ったアグネスが納戸にいるところに、狙いをつけたかのようにご亭主殿が忍びこんできたのだった。

「あんな女、どうにでもなれってんだ！　おおハグネス！　ぼくが義勇軍にいたとき、千八百……ええと」

「叫びますよ、もう。静かにしてくださいな。お願い」ここでまた跳ね回って、取っ組み合っている音。

「おや、何だろう？」飛び起きたチブスの声。

「何が何なの？」と、アグネスが叫ぶのをやめていった。

「どうして！」

「まあ、あなたがやったんだわ、今ここで」と、アグネスは驚いて泣き出した。

　このときチブス夫人の部屋のドアのところで、まるで歌にある一ダースほどのキツツキのタッピングが始まった。コツコツコツコツと、嘴《くちばし》で木の幹をつついているような音が続いた。

「ミセス・チブス、ミセス・チブス！」ブロス夫人が叫んでいた。

「ミセス・チブス、起きてください」そして前よりも十倍も力を込めたコツコツが続いた。

「まあ、どうしましょう、まあ」と、不実不貞、腐敗堕落のミスター・チブスの愛しき伴侶、今や哀れな犠牲者となったチブス夫人が叫んだ。

「私のドアをノックしているんだわ。きっと見つかってしまうわ！　皆が何ていうでしょう」

「ミセス・チブス、ミセス・チブス！」と、キツツキさんがまた悲鳴をあげた。

「どうしたんだ！」奥の居間からゴブラーが飛び出してきて叫んだ。アストレー劇場でやっている火を吐くドラゴンのような格好。

「あッ、ミスター・ゴブラー！」もうヒステリー寸前というブロスが叫んだ。「この家、火事よ、さもなければ泥棒が入ってきたのよ。すごく恐ろしい物音が！」

「ちぇ、下らない」

こういうと、お腹のない病人とは思えない敏捷な動作で、かのドラゴンよろしくねぐらに飛び込んだと思うと、ロウソクに灯をともしてすぐ戻ってきた。

「どうしたんだね、この様《さま》は？　ウィスバトル！　トムキンス！　オブリアリー！何てざまだい、皆んな服を着ているなんて！」

「ほんとに、びっくりだわ」と、ブロス夫人がいった。彼女は階段を下りてゴブラーの腕にすがっていた。

「だれか、ミセス・チブスをすぐ呼んでくれよ」と、大広間の方に向き直ってゴブラーがいった。「おや！　ミセス・チブスにミスター・エヴェンソンだ！」

「なに！　ミセス・チブスにミスター・エヴェンソンだ！」と、一同が繰り返した。不幸せなご両人がいるのが分かったのだった。チブス夫人は暖炉のそばの肱掛椅子に坐りこみ、エヴェンソンがその脇に立っていた。

さて、この先いかなる騒動になったかは、読者諸子のご想像におまかせするところだが、作者としてもいくつか、ことの展開を述べておこう。

このあとすぐにチブス夫人が失神して、彼女を椅子にとどめておくために、若きウィスバトルとトムキンスの連合軍が大いに武力を発揮しなければならなかった。エヴェンソンが事情をあれこれ説明したが、だれも彼のいうことを信用しなかった。アグネスが自分は奥様のお気持ちを、どうすればオブリアリーに惹きつけることができるか、そのためにはどうしたらいいか彼と話していたのだと、あれこれ捲《まく》し立てて、チブス夫人の非難がいわれのないものであることを証明したのだが、これも説得力はなかったようである。なぜかといえば、すでにゴブラーがブロス夫人にプロポーズしていて、めでたく受諾されていたことが明らかになり、オブリアリーの野望はゴブラーによってはかなく絶たれてしまったのだから。

アグネスは奥様のご奉公から解き放たれてしまった。オブリアリーは、紳士らしく前もって清算する形式をとらずに、「ミセス・チブスの家」から勝手に出ていってしまった。このうら若き失意の紳士が、いかにイングランドとイングランド人を罵《ののし》り憎んだことか。そしてどの土地にも「アイルランドの地の他には」良き心延《こころば》えなどありはしないと、だれはばかることなく断言するようになった。

さてさて、こうした事情を語るというなら、言葉を換えていくらでも物語ることができるというものだが、ここらで読者のご想像におまかせするのが潮時というもの。

チブス夫人は暖炉のそばの肱掛椅子に坐りこみ，
エヴェンソンがその脇に立っていた．

ところで、ブロス夫人なる名前のご婦人はもうどこにも存在していない。これまでブロス夫人と述べてきたご婦人は、今やゴブラー夫人となっている。賄いつきのお屋敷風ボーディングハウスや世間の喧騒から遠く、遠く離れて、ニューイントン・バッツにある閑静な家で、ゴブラー氏とその陽気な妻女として、人もうらやむ余生を楽しんでいる。幸せなことに、二人が抱えている身体の痛みも、食卓も、数々のお薬類も、さしたる努力を必要としないで、どこからともなく舞い込んできている。それというのも、辺り三マイル四方にある食肉食品の業者全員の、感謝に満ちた祈りあってのおかげであることに間違いない。

というわけで、この物語もここで筆を擱《お》きたいところだが、もうひとつ、作者としては気が進まないが述べておかなければならないことがある。

チブス氏とチブス夫人は互いに納得の上で別れることになり、チブス夫人は夫チブス氏の年収四十三ポンド十五シリング十ペンス、これは前の章で述べたとおりだが、この額の半分を受け取り、チブス氏が残りを、という取り決めになった。

チブス氏は毎日、毎夜をワルワースの新開地で安らかに送り、ささやかではあるが名誉ある独立を我がものとして過ごしている。確かな筋の話では、近隣にある小さな居酒屋で、彼の義勇軍の話が、ついにその終幕までめでたく語られているとのことである。

不幸せなチブス夫人は持っている家具を全部オークションにかけて、あまりにも手ひどい仕打ちにあったお屋敷から撤退する決意を固めた。オークションは有名なミスター・ロビンソン事務所が引き受け、委細を取り仕切る段取りになった。オークションのための事前広告、目録の文案が作成されたが、これにはロビンソン傘下の文才ある才人たちが総動員されたようだ。その文章には驚天動地の掘り出し物が縷々《るる》並べ立てられ、大文字七十八語の特筆大書があれば、さらには引用符を打ちつけた美辞麗句が六個所になるという話である。

（原題 The Boarding House　初出、『マンスリー・マガジン』一八三四年五月号に「その二」を、八月号に「その二」を掲載。その後、本篇主人公の名前「チブス(Tibbs)」のペンネームで十二篇のスケッチをまとめ『情景と人物』と題して日曜新聞『ベルのロンドン生活』に一八三五年九月二十七日号から翌三六年一月十七日号にかけて発表。同紙は発行部数二万二千部という、当時の最大部数を誇る週間新聞で、編集長のヴィンセント・ジョージ・ドーリングが初めてディケンズの文才を認めたといわれている。）

第二話　ポプラ並木通りでのディナー

ミスター・オーガスタス・ミンズは独身で、自分では四十といったところといっているが、友人たちは異口同音に四十八歳だろう、といっていた。いつもとびっきり清潔で、几帳面《きちょうめん》で、身のまわりに気を配っていた。そしてこれは現役を退いた人ならだれにでもみられることだが、なんとなく気取っている感じ。外に出るときはしわ一つない茶のフロックコートを着ていて、しみのない明るい色のズボン、すごく鮮やかな結びのついたネッカチーフ、それに申し分のないブーツといった装いで歩いていた。手にしている傘は、茶色のシルクで、象牙の柄のついたものといった按配。

ストランド街の総合庁舎サマセットハウスの一角で働いていたが、自分では「政府のかなり責任ある立場」で仕事をしていたといっている。なかなかのサラリーで、しかも昇給があったし、国債に一万ポンド近く投資していた。住まいはコヴェントガーデンのタヴィストック通りで、かれこれ二十年ここに住んでいた。近所の餓鬼どもがうるさい、犬が咆えてたまらん、壁がじめじめしている、窓が暗いなどなど、何かにつけて家主と言い争っていたが、これは習慣になっているようだった。家賃を払う四半期の最初の日がくると、今期でいよいよこの忌まわしい部屋を立ち退くぞ、と決意を固めるのだが、翌日になるとあっさり撤回、次の四半期がくるまで忘れていた。それが何期も何年も続いている。

彼が何よりも怖がっている生き物が二種類いて、それが犬と子供。人付き合いが悪い方ではなかったが、犬の撲殺や子供の間引き問題では、それはそれなりにやむなしとする堂々たる一家言をもっていた。安易な動物愛護は無用である。犬や子供の習性が、彼が愛してやまない秩序に合致していない、しかしてまた彼が愛してやまぬ秩序こそ、彼がこよなく愛する人生そのものであるのだから、というのがその考えだった。

ミンズには、ロンドンにも近郊にも、従兄弟《いとこ》のミスター・オクタビアス・バッデンの他に親戚がなかった。頼まれて従兄弟の息子の名付け親になるのは同意したが、父親のバッデンを嫌っていたので、未だにその子に会っていない。バッデンはいわゆる雑貨商をやっていて、かなりの財産を築いていた。地方で暮らすのを熱望していたので、スタンフォード・ヒルの近くに瀟洒《しょうしゃ》な家を買い、愛妻と一人息子の「お坊ちゃま」ことアレクサンダー・オーガスタス・バッデンともども、いつでも商売から引退できるようにしていた。

ある日のこと、この従兄弟夫妻が可愛い息子アレクサンダーの洋々たる将来を語り合っていたとき、話が教育に及んで、それには古典語の習得がまずは基本となるのではないか、いやそんなことはあるまい、と議論がはずみにはずんで口論になった。バッデン夫人は夫に、ここは一番息子のためにミスター・ミンズとのお付き合いを温めるべきである、と強く主張した。教育といえばお金がかかる。お金といえばミスター・ミンズの遺産が当てになるではないか。なるほど、なるほど。バッデンは、自分と従兄弟がこの先も親しくしていなかったら、細君のいう通り、自分の落ち度になるのではないかと思い至って、愛妻の言葉に従うことになった。

「水を割るよ」バッデンが、ブランデーの水割りのコップの底の砂糖をかき混ぜながらいった。そして自分の決意表明がどのような効果を与えたものか、横目をやって愛妻の様子を探りながら、言葉を継《つ》いだ。

「どうだろうね、ミンズにうちにきてもらって食事をいっしょにしたら。日曜にでも」

「お願いよ。すぐにあの人に手紙を書いてくださいな」バッデン夫人が応じた。「どうかしらね。彼にここにきてもらえたら、それだけで、きっとうちのアレクサンダーを気に入ってくれて、あの子に財産を遺《のこ》してやろうと思うわ。まぁ、あなた、椅子の横木に脚をのせないでくださいな！」

「や、まったくそうだよ。まったくその通りだよ！」ここでバッデンはしばし瞑想に耽った。

次の朝、こちらはコヴェントガーデンの従兄弟のミンズ。いつものように朝の食事をとっていた。ドライトーストをむしゃむしゃやっては新聞に目をやっている。新聞を読むときはまず発行人の名前と、その脇に麗々しく印刷されている肩書きを見ることにしている。発行人の肩書きで、「政府のかなり責任のある立場」にいるミンズ氏が読むに足りる地位にいるか否かを評価するわけだ。それからおもむろにコラムを読んでいるのだが――このとき、通りのドアを大きくノックするのが聞こえた。そしてすぐさま、使用人がひどく小さなカードを手にして部屋の入口に現れた。カードには格別に大きな文字で、「ミスター・オクタビアス・バッデン、アメリア荘〔妻アメリアにちなみかく命名〕、ポプラ並木通り、スタンフォード・ヒル」と印刷されていた。

「バッデンだって！」ミンズが叫んだ。

「あのくそったれ奴《め》が！　何でここに！　御寝《ぎょしん》あそばされている、いや御外出あそばされているっていっとけ。それに二度とここにくるな、とな。いずれにしても上にあがらせるな」

「しかし旦那様、この紳士は、もうこちらにお上がりになって」と、使用人が応えた。すさまじくギュウギュウとブーツをきしませ、バタバタガタガタ音を立てて階段を上ってくる音が聞こえてきたのだから、もう逃げられない。こんな事態になろうとは、まったく思いの外だった。

「ちぇ、ではその人を通しなさい」と、運の悪い独身者がいった。使用人が出ていき、バッデン氏が大きな白犬を連れて入ってきた。四本の脚に自前のウールのふわふわした靴下をはいた、ごたいそうなお犬様で、耳は大きく目はピンク、尻尾はあるのかないのか分からないといった格好。何が何で階段をバタバタガタガタ騒々しくやってきたのかが、これで明らかだった。

ミンズはこのお犬様の出現にすっかり度肝を抜かれてしまった。

「やあ、ご機嫌はいかがですかな？」部屋に入ってバッデンがいった。いつも一番高い音程で話すのが常で、しかも同じことを半ダースは話さなければ気がすまないという人物だった。

「やあ、ご機嫌はいかがですかな？　わが友よ」

「ミスター・バッデン、君も元気のようでなにより。さ、ま、こ、こし、腰掛けたまえ」しどろもどろに口籠《くちごも》りながらも、ミンズが丁寧《ていねい》にいった。

「いやありがとう、ありがとう、コリャ、で、ご機嫌はいかがですかな？」

「いつになく上々だよ。いやありがとう」と、凶悪なご面相で犬を睨《にら》みながらミンズ。犬は後足で立ちあがり、前足をテーブルにのせて、皿からトーストを引きずり出し、バターのついた方をカーペットにぺたりと向け、さあやっとこさ食事にありついたとばかり舌なめずりをしていた。

「こら、このわる餓鬼奴《め》！」バッデンが犬に向かっていった。

「いやね、ミンズ、こいつぼくと同じで、いつでもこんな調子でくつろいでしまうんだよ。エガード、そうだよな。いやもう、とてつもなく暑いし、それに腹がへってるんだ。今朝は早くから、スタンフォードからずっと歩きづめだったからね。バッデン家の愛犬エガードも、そうだよな。いやもう――」

犬は後足で立ちあがり，前足をテーブルにのせて，
皿からトーストを引きずり出し……

「朝食はまだなのかい？」ミンズがきいた。

「まだだよ。ここでいっしょにとろうと思ってね。ベルを引っ張って部屋係を呼んでくれないかい。もう一人前コーヒーカップと、それにコールドハムがお呼びだね。これでどうにかくつろげるというもんだ」

こういいながら、バッデンはテーブルナプキンでブーツの埃《ほこり》を払った。

「どうにもこうにも、はっ、はっ、腹がへったよ」

ミンズはベルを引き、なんとか笑顔をつくろうとした。

「断言してもいいけど、こんな暑いのは初めてだよ」額を拭いながらバッデンが続けた。「あんたは暑くないのかい、ミンズ。それにしても君、すばらしい服きてるね！」

「そうかな」こういって、ミンズはまた笑顔をつくろうとした。

「断言してもいいけど、こんなに腹がへったの初めてだよ」

「ミセス・バッデンと、それに、えーと、名前はなんだっけ、あれは元気かい？」

「アリックだよ、息子のことだろう。どうして、どうして。ご存知のとおりポプラ並木通りに一家を構えたからね。あそこでは、病気したくてもそうはいかないんだ。ロンドン名物の煤煙なるものがないからね。初めてあそこを見たとき、まったくのところ、こんなお利口さんの場所があるなんて、思ってもいなかったよ。前庭付きで、グリーンの手すりに真鍮《しんちゅう》のノッカー。まったく、度肝を抜かれたね」

「どうだい、ハムはお気に召したかい？」と、ミンズがさえぎった。「ハムの切り様《よう》を変えたらどうかね」

何ともやり切れない、とでもいうべきか。客人バッデンが特別調達のハム様に対して、切るというか刻むというかバラスというか、これまで見たこともない冒瀆行為を実行に及んでいるのを見て、たまらずミンズがいった。

「いや、お構いなく」バッデンは残忍無比な犯罪を犯している気などさらさらなく応えた。「いつもこうしているんだ。食いやすいんだよ。ところでミンズ、いつうちにきてくれるかい？　きっと気に入ると思うよ、いい所なんだ。先日アメリアとぼくとであんたのことを話したんだけど、そのときアメリアのいうには、あっ、砂糖をもうひとかけらくれないか、いやどーも。でね、そのときアメリアのいうには、ねえあなた、ってぼくにいうんだよ。ミスター・ミンズにいらしてくださるよう、丁寧にお話ししてくださらないかしら、ってね。あっ、こらこの馬鹿犬奴《め》、お宅のカーテンを駄目にしているぜ、ミンズ。こら、こら、駄目だ！」

まるで直流電池の放電に直撃されたように、ミンズは椅子から飛びはねた。

「おい、出ていけ、おい君！　犬！」

たまたま今朝の新聞で恐水病事件の記事を読んでいたところだったので、哀れなミンズは、お犬様からかなり離れたところに身を置きながら叫んだ。

脅したりすかしたり叫んだり、ステッキや傘でテーブルの下を何度も何度も突ついたりして、どうにかこうにかお犬様を引っ張り出し、ドアの外の踊り場に連れ出した。すぐさま今度はすさまじい唸り声をあげながら、廊下に打ちつけてある二枚の、すっかり磨き上げてある鏡板を勢いよく引っ掻いて、せっかくの塗料を剝《は》がしだした。鏡板はまるでバックギャモン盤の図柄のように筋だらけになってしまった。

「いやぁ、こいつは田舎もんの元気もんで」取り乱しているミンズを冷静に見ながらバッデンがいった。

「いつも閉じ込めていないもんでね。ところでミンズ、きてくれるんだろうね？　否やはいわせないよ。それはそうと今日は木曜だから、どうだろう、日曜は？　五時に食事をしよう。いいだろう？」

ミンズは押しの一手で迫られて、ついには根負け、来るべき日曜日、五時十五分前にポプラ並木通りでと、招待を受けることになった。

「いいかな、道は簡単なんだ。ビショップス通りのフラワーポット亭から半時間ごとに馬車が出てるから、それに乗って、スワン亭で止まったら、君、もうすぐ正面に、白い家があるからね」

「分かったよ、君の家がそこなんだね」ミンズは訪問するといっても、さっさと切り上げて、話の方もそこそこに帰ってくるぞ、と覚悟していった。

「いや、いやそこがぼくんとこじゃないんだ。そこはグロガスという大きな鉄器商の家なんだ。ここからだね、いいかい、この白い家の脇の道に入っていくと、ドン詰まりになるから、いいかい、ここで馬小屋にそって右手に曲がるんだ。目の前の塀に大きな文字で「猛犬に注意」と書いてあるから(これをきいてミンズは身震い)、この塀にそって半マイル行ってきけば、ぼくんとこがどこかすぐ教えてくれるよ」

「よくわかった。ありがと、ではね」

「時間どおりに頼むよ」

「心得た。ごきげんよう」

「ミンズ、ぼくの名刺を持っているね」

「持ってるよ。ごきげんよう」

という次第で、従兄弟のミンズが次の日曜に訪ねてきてくれるのを楽しみにしながら、愛犬家のバッデンが帰っていった。一方ミンズは、家賃の催促に怯《おび》える文無し詩人の心境だった。週末になるとやってきて、店子《たなこ》の言い訳も嘆願もきかばこそ、約束、約束と責めたてるスコットランド生まれの因業《いんごう》な女家主が眼前に現れたかのように、ミンズはすっかり参っていた。

さて、日曜になった。空はすっかり晴れて、人々が今日はこうしてああしてと、日曜の予定がたっぷり、通りを賑やかに楽しげに行き来していた。ポプラ並木通りに住まいするミスター・オクタビアス・バッデンの従兄弟であるミスター・ミンズには、もちろんこうした人たちとは別の日曜日が訪れていた。

天気は上々だが、心は重く、目の前を厚い雲が覆っているかのようだった。ミンズはフリート街からチープサイド、それからスレッドニードル街と日陰を歩いてきたのだが、疲れた上に、身体はすっかりほてって埃《ほこり》まみれ、おまけに予定した馬車の時間に遅れてしまっていた。

フラワーポット亭にくると、めったにないことだが予定の馬車が待っていた。乗合馬車は三分以内に出発するのが望ましいと、ありがたくも条例で保障されていた。といって御者が時計を持っているわけがない。時計ではなく客の数をみるのが御者の御者たるゆえん。いつまでたっても、まだ三分たっていないといえばよいわけだった。

というわけで、十五分が過ぎたが一向に動きだす気配はなかった。ミンズはすでに六回も時計をみていた。

「おい、出るのかね、出ないのかね」馬車の窓から顔を出し、身体の半ばまで乗り出して、ミンズが大声で叫んだ。

「すぐさまでさぁ」御者はポケットに両手を入れたまま、格別に急いでいるとはまったく思えない様子でこういってから、傍《かたわ》らの助手に「ビル、服を脱いでいな」といって、まったくミンズの催促を無視していた。

また五分過ぎた。ここで御者は御者台に上がり、おもむろに通りの前後を見渡し、だれかれかまわず通行人にあと五分だよ、と声をかけた。

「おい、君、これで出なきゃ、おれはもう降りるぞ」と、ミスター・ミンズ。約束の時間にポプラ並木通りに行くのが無理だと思うと、こうした時間の遅れにいよいよ絶望的になっていた。

「出ますよ、いま出ますよ」との答え。ところが二、三百ヤードほどごろごろ行ったかと思うと、ここで止まってしまった。ミンズは馬車の隅に身をかがめて、乗り合わせた乗客の子供や母親、帽子箱やパラソルの間で、我とわが身を運命にまかせることになった。同席の子供はまだ乳飲み子《ちのみご》で、心根がやさしく、おまけに愛情表現が豊かなのだろう、パッパパッ、バッババッバといいながらミンズに抱きついてきた。

「静かにおし、坊や」可愛い坊主の性急な思い違いをたしなめて、ママがいった。坊やはむちむちした小さな脚を上げたり、踏み鳴らしたり、とてつもなく複雑な形によじったりして、すっかり嬉しがっていた。

「静かにおし、坊や。パパじゃないのよ」

「ありがたいことに、そうじゃないんだ！　おれの子じゃないんだ！」ミンズはこの朝、やり場のない怒りと悲しみで滅入っていたのだが、ここで初めて納得のいく真実に出会った。きらりと一瞬、夜空を走る流れ星のような輝き。だいたい真実なんてこんなものだ、とミンズは思った。

幼児にとっては、はしゃぐのも愛情表現の一つなのだから、ミンズ小父さんが父親でないからといって、遠慮はなかった。汚れかえった靴で小父さんの茶のズボンをこすったり、ママのパラソルを振り回してチョッキを突ついたり、その他もろもろ、幼児独特の思いつきで、小父さんの気を向けさせようとしていた。退屈な乗り物の道中を、こうした悪さを重ねて坊やは至極ご満足な様子だった。

我らが紳士ミンズ氏がスワン亭についたとき、案の定、時刻は五時十五分になっていた。夕食の時間にはとうてい間に合わない。従兄弟がいっていた白い家も、馬小屋も、「猛犬に注意」も、目印だといわれたものを何から何まで、この歳の紳士としては常にない急ぎ足で通りすぎた。

ほどなくして、ミンズはやっと黄色のレンガ建ての家の前に出た。緑色のドア、真鍮《しんちゅう》のノッカー、それに表札に、緑の窓枠、同じく緑の柵、家の正面にはたしかに――この家の主がいっていた前庭、ご自慢の「ガーデン」なるものがあった。小石混じりの軟らかい地面に花壇が作られていた。花壇は三角になっていて、二辺の長さが異なり、残りの一辺がふくらんで丸くなっていた。樅の木があって、二、三十の蕾をつけていた。他にマリーゴールドがたくさん植えてあった。表ドアの両側には大きな白亜質のフリント石板が積み上げてあって、キューピッドの作り物がその上にちょこんと載っていた。すべてがバッデン夫妻の趣味のほどを子細に物語っていた。

ミンズがノックすると、ずんぐりしたボーイが現れた。くすんだ色のお仕着せをきて、木綿の靴下に、靴は踵《かかと》の高いハイローズをはいていた。この家で「ホール」といっている廊下には、一ダースほどの真鍮の帽子掛けがお飾りのように打ちつけられていた。ボーイはミンズの帽子をそこに掛けると、客人を花壇の見える居間に導いた。せっかくの居間だったが、見えるのは花壇の他は近所の家の裏側ばかりだった。

訪れた者と迎える者との改まった挨拶が交わされ、それがすんでからミンズはやっと坐ることができた。自分が最後の客であると知って、いささか居心地が悪い思いだった。十二、三人の先客が、大きいとはいえない居間で椅子をずらしたり寄せたりしてミンズの席を作っていた。遠来の客がはるばる到着したのだから、あとはディナーを待つだけ、だれもが少々落ち着かない様子。

「どうですかね、ブログソン」と、バッデンが歳のいった紳士に話しかけた。ブログソンは黒の上着に茶の半ズボン、それにゲートルで身を固めていた。年鑑をくりながら、何やら絵柄を調べているように見えたが、頁《ページ》に目をやりながらもその実、彼は新来のミンズの様子をあれこれと品定めしていた。

「どうですかね、ブログソン。大臣たちはどうするつもりかな。退陣しますかね、それとも」

「いや、まったくのところ、私はニュースにはまったく疎《うと》い方ですからな。お宅の従兄弟のミスター・ミンズでしたな、彼なら仕事柄この問題にうってつけの人物でしょう」

ミンズはサマセットハウスで働いてはいるものの、大臣殿の動向に詳しい筋とはまったく縁がなかった。しかしこの問いかけに答えないわけにはいかない。ぼそぼそと何やら弁じたが、どうにも自信がなさそうだったので、この問題にさらに深入りして議論を重ねるのもどうかと思われたのだろう、話は中断してしまい、一同咳き込んだり、鼻をかんで所在なさを紛らわせていた。そこにバッデン夫人が現れ、座は再び活気づいた。

またもや格式ばったご挨拶が交わされ、ディナーが告げられた。ミンズはバッデン夫人の手をとってダイニング・ルームに向かおうとしたが、それも居間のドアまでで、階段が狭いので、さらなるサービスはあきらめることにした。ともかくご一行は階下へと降りていき、お待ちかねのバッデン家のディナーが振る舞われた。

ナイフやフォークがカチャカチャ音を立て、ペチャクチャ会話が交わされる中で、ときおりバッデンが友人たちにワインをすすめて、今日は遠路はるばるお越しいただきありがたい次第で、などといっている声が聞こえてくる。そしてバッデン夫人と使用人たちとの間で、それお皿をお下げなさい、次のお料理は間をおいてなどなど、さまざまに演目を変えて寸劇が演じられる。バッデン夫人の表情ときたら「荒天」「快晴」と、まるで晴雨計のように目まぐるしく表示を変えていた。

デザートとワインがテーブルに置かれると、使用人が奥方の目配せで「お坊ちゃま」ことアレクサンダーを連れてきた。「お坊ちゃま」は銀ボタンのついたブルーの揃いを着てきた。髪の毛はどちらかといえばシルバーに近かった。母親は身なりを誉めそやし、父親はひとしきりその振る舞いを窘《たしな》め、いよいよ名付け親にご紹介という段取りになった。

「やあ、坊や君、ご機嫌はいかがですかな?」

これでお役目が済むならばと、ミンズは笑顔をつくったが、まるで鳥もちに捕らえられたシジュウカラのように、これ以上はどうにもできないといった様子だった。

「はい」

「いくつになったかな?」

「今度の水曜で八歳。おじさまはいくつなの?」

「まあ、アレクサンダー」母親が横合いからいった。「なんとまあ、ミスター・ミンズ

に お歳のことをきくなんて」

「だって、おじさまが、ぼくにいくつかってきいたんだもの」と、おませな子供がいった。これをきいてミンズは、この餓鬼には一シリングたりと遺してやるまい、と心ひそかに重大決意を固めた。

側にいた者たちにくすくす笑いが広がり、それも収まると、にやついた小柄の赤髭男が「お坊ちゃま」をかばうように声をかけた。彼はそれまでテーブルの下手に坐っていて、ディナーの間、自分が観てきたばかりのシェリダンの『悪口学校』の劇評をだれか訊いてくれる者はいないものかと、無駄な努力をしていたのだった。

「アレックス、BEの品詞は何かい?」

「動詞」

「まあ、いい子だわ」と、バッデン夫人は満面に笑み。

「じゃ、動詞って何だい?」

「動詞はね、ある、する……嫌になる、とか。ねえ、できたでしょう、ぼく。ぼくにおリンゴちょうだい、ママ」

「ぼくがリンゴをあげるよ」と、赤髭男が応えた。彼はこの家族と親交を深めていて、主人のバッデン氏の意向がどうであっても、バッデン夫人からいつもお招きにあずかっていた。

「さあ、動詞BEの意味を教えてくれたらリンゴをあげるよ」

「ビーの?」神童はちょっとたじろいだ。「えーとね、それは、蜂蜜を集める昆虫」

「まあ坊や、蜜蜂さんのbeeは、BにEが二つ付いているでしょう。だから、動詞ではなくて名詞相当語句なのよ。動詞のビーはEが一つでしょう」バッデン夫人が眉をひそめていった。

「坊やは奥さんのように専門用語の普通名詞相当語句なんて知らないさ」冗談を飛ばすに格好のチャンスとばかり、得意になって赤髭男がいった。「もっとも、お上品な固有名詞にお馴染《なじ》みが多いかどうかも分からないけどね、ヒッ! ヒッ! ヒッ!」

「諸君!」バッデンがテーブルの下手から声高く、きわめて重々しい調子で叫んだ。

「いかがでしょう、ここらでグラスを満たしては? 乾杯の音頭をば……」

「ヒヤ、ヒヤ」デカンターを回しながら紳士たちが叫んだ。デカンターがテーブルを一巡したところで、主人のバッデンが続けた。

「諸君! 本席にある人物がおられて……」

「ヒヤ、ヒヤ」小柄な赤髭男が応じた。

「ご静粛に、ご静粛に、ジョーンズ」バッデンがいさめた。

「よろしいかな諸君！　本席にある人物がおられて……その人物の交際せる社交界は、まことに語るも何も、喜ばしい限りでありまして、でありまして、でありますからして、この人物と話を交わすことができるとは、本席におられる皆様各位の、これまたまことに喜ばしき限りでありまして」

ミンズは従兄弟のバッデンのスピーチをここまできいたとき、「ありがたい、おれのことじゃなかった」と胸を撫でおろした。この家にきて以来、気後れと人付き合いが苦手であることから、何かいおうと思っても、ついつい言葉を抑えていたのだった。

「諸君、かく申すわたくし奴《め》はすこぶる卑しき者でありますが、これから申し上げる人物に対しまして、わたくし奴が友情と愛情を抱くがゆえに、あえてお許し願って、諸君にご起立いただき、かの人物の健康を祝して、ここに改めてお引き合わせいたさんと……彼こそは、彼を知る者の敬慕の的であり、また、未だ彼を知る喜びを知らぬ者にとって、何をもって彼を嫌うことあるべけんや、でありまする」

「ヒヤ、ヒヤ」バッデンの調子にのせられて、一座はすっかり元気になった。

「諸君」バッデンは続けた。

「わが従兄弟のミスター・ミンズこそ、かの人物でありまして、わたくし奴の身寄りであり親戚でありまして」

「ヒヤ、ヒヤ」

ミンズが、傍《はた》に聞こえるほどの唸りをあげた。

「だれあろう、彼を本席に迎えることができましたるは、まことにわたくし奴が喜びでありまして、もし本席に彼なかりせば、彼にかくも親しく接する喜びを我々から、いや、何人《なんぴと》もこの喜びを奪うことができるものではありますまい」

ここでヒヤ、ヒヤの大合唱。

「諸君、もはや贅言《ぜいげん》を重ねるまでもありますまい。ご清聴を感謝いたします。心からなるまん、まんくう、えー、まんまんの……」

「満腔《まんこう》の」と、家族の友人赤髭が助け舟をだした。

「えー、満腔の敬意を込めて、ミスター・ミンズの健康を祝して」

「諸君、起立、起立！」疲れを知らぬ赤髭男が叫んだ。「しかして氏の名誉を称え、しかるが後に寛《くつろ》ぎの歓談をば……ヒッ、ヒッ、ヒック、乾杯、ピップ！　ピップ!!　ゲエッ！」

一同の目はひたすら乾杯の対象である人物に向けられたが、この人物は窒息覚悟でポートワインを飲み干し、うろたえて醜態を曝《さら》すわけにはいかないと背筋に力を入れてふんばっていた。もうこれ以上黙っていては社交にならないというぎりぎりまで耐えていて、ついにミンズは立ち上がったが、残念ながら一同が聞き取れる口跡ではなかった。せっかくの挨拶だったが、この場に新聞記者が取材にきていたら「はなはだ残念ながら、かの偉大な人物がいかなる見解を有しているか、その一端すら伝えることができない」と書いたようなありさまだった。

ミンズの口から出た言葉は、「本席の……大変名誉で……かかる機会を……」、それに「大変幸せにも……」といったもので、聞こえたり聞こえなかったり、しばしの間をおいて繰り返されたり。しかもその表情は混乱、混迷、悲惨、悲嘆の極をいっていた。だが挨拶は挨拶、ここで一同は、ミンズ氏がすばらしいスピーチをしたものと確信して、彼が席に戻ると「ブラボー」と叫び盛んな拍手に及んだ。いつになったら出番がくるかと狙っていたジョーンズに、ついにその機会が訪れた。

「バッデン、ぼくにも乾杯の音頭をとらせてもらえるかな」

「いいとも」と、バッデン。こういってから自分の真向かいにいるミンズに低い声で付け加えた。「奴はおそろしくきれるんだよ。奴のスピーチをきけばなるほどと分かるけどね。どんな話題になってもそれなりに話せるんだからね」

ミンズはご親切な解説に感謝して、主人のバッデンに会釈した。

ジョーンズが続けた。

「こうした機会は、所を変え、時を変え、友を変えてままあることでありますが、そうした数多くの環境、事情、事態に臨んで、たまたましかるべき人物に乾杯を捧げるという運命に遭遇いたしまして、そうしたとき、いえ、こうしたことが時には巡ってくるものであるのですが、まことに名誉なことでありまして、何をもってしてこの喜ばしき、わが全力をもってしてもあまりにも身に余る、この名誉を拒《こば》むことができましょうや。しかしながら、わが思いが何であれ、前例に倣《なら》って、今ここで、このすばらしき場でなされました一場の名……」

ここでヒヤヒヤの合いの手。

「わが胸の高鳴りいかばかりであるか、もはや語ることもできないありさまであります。いかに述べればお分かりいただけるか、諸君、今この場に臨んでさらに高鳴る感情に照らして述べるならば、きわめて困難でありかつまた不可能事であります。例えて申せば、かのまったき偉大な、かつ高名であるところのシェリダンにして……」

この先、偉大で高名な劇作家シェリダンが、ジョーンズの埒《らち》もないジョーク、冗言の生《い》け贄《にえ》になったときけば、墓の下で不遇をかこっているご本尊も飛びあがったことだろうが、幸いにもこのとき、「お坊ちゃま」が息せき切って部屋にはいってきた。

雨模様だってさ、夜になったからさ、九時の乗合馬車が出るってさ。御者が迎えにきたよ、だれか乗る人はいないの。席が一つあるってよ。馬車の外じゃなくて中だよ、と捲《まく》し立てた。

ミンズが立ち上がった。だれも彼もがミンズの決断に驚きを述べ、留まるよう懇請、懇願したが、せっかくの空席でもあり、ありがたく頂戴するという彼の決意を覆すことはできなかった。ところが、ホールに出てみると、絹張りの茶色の傘が見当たらない。おまけに御者は、「もう一つ先までいって客を拾ってから戻ってくるので、スワン亭でお待ちを」との言葉を残して出てしまっていた。

バッデン邸を訪れたとき、ミンズにもう十分かそこら時間の余裕があればよかったのだが、あわてたもので象牙の柄のついた絹張りの茶色の傘を馬車に置き忘れてきたのだった。もたもた走る馬車のおかげで時間に遅れ、大事な傘を置いてきたとは。あの御者の奴、ちゃっかり隠しているだろうな、いやはや、とんでもないご招待だった。むかむかしながらミンズが暗い帰り道をたどってスワン亭につくと、最終馬車は彼を待たずに出てしまったところだった。いまさら驚くに当たらない。ミンズは歩いて帰ることにした。

朝のかれこれ三時というとき、やっとタヴィストック通りの住まいにたどりついた。ドアをノックして使用人を起こすのが精いっぱいだった。すっかり冷えきり、濡れそぼって、不機嫌で惨めだった。

翌朝、彼は遺言状を作成した。彼の弁護士が、これは極秘事項ではあるがと筆者にいいながら漏らしたところでは、ミスター・オクタビアス・バッデンの名も、ミセス・アメリア・バッデンの名も、いわんや「お坊ちゃま」のアレクサンダー・オーガスタス・バッデンの名も、そこには書かれていなかった、とのことである。だれもが察しのつく条項で、いまさら極秘扱いはどうかと思えるのだが。

（原題 Mr Minns and his Cousin　ディケンズが二十一歳のとき初めて世に出た作品。『マンスリー・マガジン』一八三三年十二月号に「ポプラ並木通りでのディナー（A Dinner at

Poplar Walk)」の表題で掲載され、後に「ミスター・ミンズとその従兄弟」と改題して『ボズのスケッチ』第二集に改訂して収載。)

第三話　花嫁学校感傷賦

クランプトン姉妹は、二人とも並外れて背が高く、きわめてほっそり、どうみても骨と皮といったご婦人だった。どちらも真っ正直で、少々嫉妬深いのが欠点といえば欠点だった。神話に出てくる知恵と武勇の女神の名をいただいて、ロンドンの南西にあるハマースミスで花嫁学校「ミネルヴァ舎」を経営していた。学校の庭園ゲートの表札に「ザ・ミス・クランプトン姉妹」と刻んでいるのをみると、正確には二人とも未婚で、ミス・クランプトン姉妹と呼ばなければならない。

ミス・アメリア・クランプトンは三十八歳になっていて、ミス・マリア・クランプトンの方は四十歳であるといっていた。いったん自分でそういったのだから、わざわざ自分から五十歳にはなっていないと改めるのもおかしなこと。三十八歳と四十歳の未婚の姉妹はいつになっても三十八歳と四十歳の未婚の姉妹であるべき――これは疑いなき真実というべきだろう。

姉妹は双子のようにお揃いを着ていて、いっしょになって歩いている姿は、花をつけたマリーゴールドが二本、ゆらゆらと風にそよいでいるようだった。これを日毎《ひごと》種を落として朽ちていくマリーゴールドと譬える者もいるようだが、そこまでいってはいい過ぎになる。二人はおどろくほど几帳面《きちょうめん》で、とくに礼儀作法ではけっして人様にひけをとらないようにと気をつけていた。ヘアピースをつけて、いつもラベンダーの香りをぷんぷん匂わせていた。

ミネルヴァ舎は「妙齢のレディーにふさわしい教養を授ける学校」で、十五歳から十九歳の娘たちが二十人ほど学んでいた。行儀、作法など、あらゆることが教えられていたが、学問の方はさっぱりだった。フランス語とイタリア語と、週に二回ダンスのレッスンがあり、あとは家庭生活に必要なあれこれを楽しく実習していた。

学舎は白い建物で、道路から少し離れたところにとげのついた柵があって、俗世と学び舎《や》との仕切りになっていた。生徒たちの寝室の窓が、いつも左手に少し開いていたが、こうしておけば、外からちらりと覗き見するだけで、新品同様のきれいな格子柄のディミティがお役目通りに、生徒たちの可愛らしいベッドに掛けられているのを一目で見てとれた。贅沢《ぜいたく》な織物をベッドカバーに使っているのも、この花嫁学校がいかに生徒たちを慈《いつく》しんでいるか、その一端なりと、窓の隙間からでも知ってほしいというクランプトン姉妹の計らいだった。

正面の広間には立派なニス掛けの天体図が掛けてあった。もちろん天体図などだれひとり眺めたことはないし、書棚にはご両親様をお迎えするのにふさわしいご本がいっぱい詰まっていたが、これもだれひとり読んでいなかった。いずれにしてもご両親様はこの広間に招かれると、あまりの見事さにだれもが例外なく肝を冷やしていた。

「アメリア、ねえ」ある朝教室に入ってくるなり、姉のマリアが妹に声をかけた。紙で作ったヘアピースを頭に頂いていたが、これは彼女がよくやっていることで、若い生徒たちにもやがてはあなたたちの髪の毛にも加齢現象が訪れるぞ、との教えだった。

「ねえ、アメリア先生。今受け取ったのですけれど、とても嬉しいお知らせがあるのですよ。ご遠慮なくこれを大きなお声で読んでみてくださらない」

こういわれて、アメリアはすっかり得意になって、次のような文面を読み上げた。

国会議員コーネリウス・ブルック・ディングウォール閣下におかれましては、ミス・クランプトン姉妹に心からなる敬意を込めて、ここに一筆啓上いたす次第であります。ミス・クランプトン姉妹におかれましては万端事情の許す限りにおいて、明日午後一時にご来駕《らいが》いただければ、国会議員コーネリウス・ブルック・ディングウォール閣下としては無上の喜びであります。ブルック・ディングウォール夫人がお目にかかって万事お話し申し上げる段取りになっております。

アデルフィーにて

月曜日午前

「国会議員のお嬢様だわ！」読み終えて、アメリアが思わず叫んだ。

「国会議員のお嬢様だわ！」マリアが、喜びの笑みをたたえて繰り返した。教室の生徒たちもこの慶事を聞くと、その後に続く行事のあれこれを期待してか、ざわざわ騒ぎだした。

「国会議員のお嬢様のことでご相談なのよ。お嬢様をここにお迎えするなんて、これは当校にとってすばらしい名誉ですわ！」と、アメリアがいった。ここでまた、生徒たちが感嘆の声をあげた。それが単なるお追従《ついしょう》の共感、共鳴、驚嘆の叫びではあっても、ここでは生徒たちにとっては大切な礼儀作法の一つなのだから、この感嘆の声は少々割り引いておいた方がいいだろう。

こうした重要な知らせがあったのだから、この日のお勉強などどこへやら、大慶事を祝ってただちに休校が宣言され、クランプトン姉妹は当日のことを子細に相談するため私室に引き籠った。年のいかない娘たちは、国会議員の娘さんのお作法や日頃の暮らしぶりを思いつくままにあれこれと話し合っていた。年のいった娘たちは、議員のお嬢様はご婚約しているのかしら、お綺麗《きれい》なのかしら、ドレスには鳥かごのような腰当てをつけているのかしら。どの「かしら」も娘たちにとっては同じように重要な問題だった。

翌日、クランプトン姉妹は約束の時間に、ウォーターローブリッジの近くにあるアデルフィーを訪れた。もちろんこれ以上はないという装いで、表情もあらんかぎりの愛嬌をたたえていたが、それがいかがなものであったかは述べるのを差し控えておこう。

明るい色のお仕着せを着た赤ら顔の従僕に名刺を渡して訪問を告げると、学識、威厳、知略の人、ディングウォール閣下の御前に招ぜられた。国会議員コーネリウス・ブルック・ディングウォール閣下はひどく高慢で尊大で、もったいぶった様子だった。生まれつきかもしれないが、ときおり顔が引きつって、それも曰くありげだったが、おまけにコチコチにアイロンをかけたクラヴァットネクタイのためあごをのけ反らせているので、いよいよ偉らぶってみえた。国会議員の肩書きを名刺に刷り込める身分であるのが自慢で、相手がだれであろうと、自分が威厳ある人物であることを否《いや》が応でも認めさせようとしていた。

だれでも、自分の能力が人よりも優れていると思えば、大いに心の安らぎとなる。彼の場合、ディングウォール家というごく狭い範囲ではあるが、ここで発揮している慰撫、調停、懐柔の外交的手腕が目下の安らぎになっている。自分の家庭を取りしきる能力では、国会議員あまたある中で、自分の右に出る者はいないと豪語していた。領地のある田舎に帰ると、治安判事の職務が待っていて、ここでは正当なる裁判、公平無私の判決で責務を全うしていた。ときには、他人の領地に侵入した密猟者を捕まえて刑を宣告したり、ときには、自分でも密猟をやるという不行跡をしていたが、それは現場検証という大切なお役目になっていた。

娘のラヴィニアは、名門の令嬢方が学んでいる教室だったらどこにでもいるというタイプだった。文法の時間に「彼は遅く帰ってきた」という例題で、「彼はいつ帰ってきましたか?」と質問されると、「遅く」と答える。例題が「彼女はゆっくり歩いた」ならば、「ゆっくり」とだけ答えている。文中の副詞だけを答えにしていて、これでは文法の授業にならないのだが、名門校の名家の令嬢にはこれだって大儀なことのようで、他の科目はいくらあっても推して知るべし。言葉をこね回して魅惑的な会話を楽しむよりも、単純明瞭に副詞で態度を示している。ラヴィニアは、まさにこうした令嬢の一人だった。

さて議員閣下だが、こぢんまりした書斎で、山と積まれた書類を前に何もしないで坐っていたが、家の者には旦那様は只今お仕事中、お忙しくあられまするぞ、と思わせていた。机の上には議会の法案、「国会議員コーネリウス・ブルック・ディングウォール閣下」宛ての書簡がこれ見よがしに撒き散らされていた。少し離れたところで、奥方のミセス・ブルック・ディングウォールが坐って針箱を傍《かたわ》らに刺繍をしていた。

奥方がいればその子供がいる。部屋では子供が遊んでいた。どこへ出しても恥ずかしくない、ならいいのだが、どこにいっても迷惑至極といった、見るからに甘えん坊で、流行《はや》りの先端をいく服装なのだろう、ローマ風のブルーのチュニカを着て、とてつもなく大きなバックルのついた、腰どころか胸まで隠すのではないかと思われる、幅広の黒のベルトを締めていた。そのありさまは場末の芝居に出てくる盗賊を、そのまま小さく縮めてこの場にもってきたようだった。

訪問客のミス・マリア・クランプトンに椅子がすすめられると、この甘ったれっ子が得たりとばかりその椅子を持ち逃げ、大騒ぎを巻き起こした。一段落したところで改めてお客人に椅子がすすめられ、コーネリウス・ブルック・ディングウォール閣下が口を開いた。

まず閣下がいうことには、今回わざわざ拙宅までお越し願ったのは、友人であるアルフレッド・マッグズ卿からご姉妹の経営するところの、世評高き「ミネルヴァ舎」なるレディー養成の学舎ありと聞き及んで……と。

マリアはマッグズ卿ときいて、すぐさま卿とはご面識をいただいており、と口を挟んだ。閣下は続けた。

「そこでですな、ミス・クランプトン。娘を手放すに至るのは理由がありましてな。近ごろ娘にはいうも汚らわしいセンチメンタルなる想念が取りついておりましてな、我が輩、いや私としては何が何でも娘の心からそのセンチメンタルなるものを取り除かねばならぬと考察、いやその、考えてましてて」

ここで、例の腕白がものすごい音を立てて肘掛椅子から転がり落ちた。

「おいたもいい加減になさい！」と、ママ。この坊主が自分勝手に転げ落ちたことに何よりも驚いた様子だった。「ジェームスを呼んで連れていってもらいましょう」

「奥や、ここは坊のしたいようにさせなさい」我らが外交官が奥方を遮《さえぎ》った。ドタンバタンの騒音とけたたましい叱りつける叫び声の、この世のものとは思えない騒ぎの中で、どうやらものをいっても聞き取れそうな潮時をつかまえて、外交官が外交官的な調停に乗り出したのだった。

「これなるは坊の偉大なる潑剌《はつらつ》たる精神の流れにより招来されるものであるからして……」

この最後の説明はクランプトン姉妹に向けたものだった。

「さようでございますとも」と古風を尊ぶ年長のマリアが応じたが、明らかに、「動物的な潑剌たる精神の流れ」と「肱掛椅子からの転落」との関係を、閣下のいうようには考えてはいなかった。

沈黙が破られ、国会議員閣下が続けた。

「当家の娘ラヴィニアが、同じような身分の、同年配の娘たちの社交界にいて、このまま交際を続けておるのが、よかろうはずがないではありますまいか。娘のうら若き純な心から、左様な感傷的ナンセンスを取り除くことができるのは、ミス・クランプトン、あなたの学園であってしかるべき、かよう考えて、ラヴィニアをお宅にやらせようという次第であって……」

このようにきわめて独断的、推断的ではあったが、閣下がミネルヴァ舎を認めてくれたことに、アメリアは心からの謝辞を述べたのだが、マリアの方は肉体的苦痛で、ついに言葉が出なかった。それというのも、腕白坊主が「動物的な潑剌たる精神」を再び目覚めさせて、彼女のいとやんごとなきおみ足を踏み台にして立ち上がり、ライティングテーブルの上に顔を出そうとしていたのだった。まるで芝居のポスターに赤インクで丸々と書いたアルファベットの大文字Oのように、まん丸い顔をしていた。

「左様な次第で、当然のことながら当家の娘であるラヴィニアは、ミス・クランプトン姉妹と共に母屋に起居する、特別待遇寄宿生であるからして」と、天下ご免の閣下が続けた。

「ここで、我が輩の指示がきびしく実行されんことを要請するのであるが……事実はですな、娘の気持ちがこのような状態になったのは、彼女よりも身分が下の、ある男との、その者との愚かなる恋愛沙汰のおかげであって……ご承知願えると思うが、もちろんあなた方の配慮によって、ラヴィニアがこの者と金輪際《こんりんざい》会えないようにしなければならない。また、我が輩としてはいっそのこと、あなた方が堅持されている社交界のほうがむしろ好ましいとさえ思っているのであるからして……」

この重大な言明は、またもや動物的な潑剌たる精神の持ち主によって邪魔された。腕白がはしゃいだあげく、窓のガラスを破って、隣の部屋に飛びこむ寸前といった騒ぎを巻き起こしたのだった。使用人のジェームスが呼ばれ、かなりの混乱、叫喚があって、ついに坊主はジェームスに抱えられ、二本の小さなブルーの脚を宙にバタバタさせながら引き下がった。

「ミスター・ブルック・ディングウォールは、ミセス・ブルック・ディングウォールが万事について、しかと事情を把握するようお望みなのです」と、これまで何もいわなかった奥方のブルック・ディングウォール夫人がいった。

「かしこまりました」と、二人のミス・クランプトンが同時にいった。

「我が輩の策定せる計画が、ラヴィニアの馬鹿げた感傷を思い切らせることに大いに効果を上げるものと確信しておるが、さらにまた、これまで申した要請に対して、あなた方がいかなる問題においても善意と勇気をもってそれを実行することを願っておる次第で」

ここで約束が交わされた。やがて時きたって、必ずやお国の外交官の重責を担うことになるディングウォール家の名誉のために、そしてまたクランプトン姉妹への深甚なる敬意を込めて、長々と議論がすすめられ、佳日を選びミス・ラヴィニアが単独にてハマースミスに赴くこと、この機会を祝して年に二回行っている舞踏会を早めではあったが開催することが決められた。舞踏会で入学を祝うとは、可愛いお嬢の気晴らしになること疑いなし。閣下もその思いつきを歓迎した。ついでに申し添えると、これもまた閣下得意の外交術の成果の一つに数えられた。

ミス・ラヴィニアが、これからダンスにお歌、行儀作法に刺繍などの教育を受ける姉妹の先生に紹介された。ミス・クランプトン姉妹は口を揃えて「いちばんチャーミングなお嬢様」であると表明したが、この意見は、二人の先生が新しい生徒を迎えるたびに、おもてなしのご挨拶で娘たちの父母にいっている賛辞と、まったく異なるところがなかった。

なんども礼儀にかなった挨拶が交わされ、感謝の意が表明され、閣下のいかにも鷹揚《おうよう》といった、わざとらしく気さくな態度が示され、ついにご面談が終わった。

さあ、舞踏会である。ミネルヴァ舎ではその総力をあげて、芝居の言葉を借りるなら「前代未聞のスケール」で間断なき準備が進められた。建物のいちばん大きな部屋はブルーのキャラコで作ったバラや、格子じまの布地で作ったチューリップで飾り立てられた。どれもこれもブルー一色なのが気になるが、可愛い生徒たちが作った、いかにも本物のようにみえる造花だった。カーペットがはがされ、アコーディオンドアが取り外された。家具は外に運び出され、パーティー用の椅子が運び込まれた。

ハマースミスの婦人服地を扱う店は、サーセネット製のブルーのリボンや白の長い手袋の注文が舞い込んできてびっくり仰天していた。ブーケに使うゼラニウムを何ダースもご購入になるし、バイオリンを二挺、これは町からお取り寄せと手配が進んだ。

当日の朝にはグランドピアノが敷地内に運び込まれて、選びぬかれた令嬢たちが早速《さっそく》にお手並みを披露していた。学園の誉れを示すためのおさらいでもあったが、どちらかといえば自分たちの腕前を見せびらかすためで、通りにピアノと令嬢たちがはみ出していたので、脚の不自由なご老人たちにとっては歩くのに迷惑この上ない始末だった。クランプトン姉妹からハマースミスのケーキ屋に絶えず指令が飛び、確認が求められた。

いよいよ舞踏会の夜になった。コルセットのレースはどうした、サンダルの結び目がおかしい、髪形はどうしようなどなど、我らが学舎がこれほどまでざわざわ、ごたごたしたのは以前にないことだった。年のいっていない生徒たちはそれなりに自分で始末をつけていたが、あとは年長の生徒たちのお手伝いにこき使われた。年長の生徒たちは、これがあたかも社交界へのデビューであるかのように、ドレスを着てみたり、サンダルを履いたり脱いだり、互いに誉めそやしたり、妬んだり。一同、これほどまで熱心に、ひたむきになった憶えはなかった。

「ねえ、私どうかしら?」と、学舎の一と自他共に許す美女のミス・エミリー・スミザースがミス・カロライン・ウイルソンにきいた。カロラインはかわいそうに器量が悪く、このハマースミス内外でも珍しい方だといわれていたが、おかげで心置きなく美女エミリー・スミザースの腹心の友となっていた。

「オーッ!　すごくチャーミングだわ。私はどうかしら?」

「お見事よ!　こんな綺麗なあなた見るの初めてだわ」美女は哀れなご学友には一瞥もやらず、自分のドレスを直しながらいった。

「ヒルトン兄弟の弟さんの方が早くこられるといいのだけど」ミス何がしが同じくミス何がしにこういっていたが、ひどく熱っぽい調子だった。

「あら、そんなことといって。本人に聞こえたら、きっと大得意になるわ」カドリールの第二番レテを踊っていたミスが応えた。

「だって、ほんとにハンサムなんですもの！」と、最初のミス何がし。

「ほんとにチャーミングだわ！」と、第二のミス。

「ああいう人をコウキで、テンガっていうんだわ！」と、これは第三のミス。

「ねえ、大変よ」と、もう一人のミスが部屋に駆け込んできていった。「ミス・クランプトンからきいたのだけど、あの方の従兄弟《いとこ》がくるんですって」

「まあ！　テオドシウス・バトラーが？」大喜びでミスたちがいった。

「その方、ハンサムなの？」と、新入りのミスがきいた。

「いいえ、それほどハンサムではないの」だれともなく応えた。「でも、なんていったらいいかしら、すごーく、お利口さんなのよ！」

ミスター・テオドシウス・バトラーはどんな集まりがあっても、かならずその場に一人や二人いるといった、「不朽の名声を勝ち得ている天才」だった。相手の腹にずんと響いてくるような低音で、それも抑揚つけずに話すのが「天才」らしいと心得ている。自分はすばらしい人物である、しかしながら、いかなる理由あってか世に入れられず、きわめて惨めな思いをしている、と説いてまわっていた。

ひじょうに自惚《うぬぼ》れが強く、話題が何であろうと、自分の意見を、少々曖昧《あいまい》であってももっともらしく開陳していた。その見識に、というよりも振る舞いにのぼせ上がったお嬢さんや、見識、見解に縁のない紳士たちには、こうした才人がすこぶる勝れた人物に思えるようである。

問題の人物ミスター・テオドシウスは、「何事であろうと事をなすことの功利性に関するいくつかの、きわめて重要な思索」をもりこんだ小冊子を書いていた。どの文章にも綴りが四文字の言葉が五十語は含まれていて、彼の信奉者たちにとっては、彼があえて、その単純平易な四文字語で、多くの深遠なる思索を語っているものと受け取っていた。

「あの方がお出でになったんだわ!」

表のチャイムがこの日初めて打ち鳴らされ、何人かの年若の令嬢たちが躍りあがって叫んだ。本日の主役であるブルック・ディングウォール嬢の到着だった。

しばし息詰まる沈黙。

大きな木箱がいくつか運び込まれ、しばしあって国会議員殿のご息女が舞踏会の正装で現れた。派手な金のネックレスをつけ、ドレスには一輪のバラが留められていた。手には象牙の扇子を携えていた。本来なら、その表情は晴れやかに輝いていたというところだが、この日の令嬢は、傍目《はため》にもそれと分かるほど悲しげで、夢も希望も失ったとでもいうような表情を浮かべていた。

ミス・クランプトン姉妹が様子を案じて、何か気がかりなことでも、ご家族にはお変わりございませんか、と伺った。訊いたからといって返事を待つわけではない。ただちに、名誉あるミネルヴァ舎でこれから共に学ぶ生徒たちが、父兄の肩書き役職を交えて紹介された。

クランプトン姉妹はめったにない、やさしい口調と身振りで学舎のレディーたちと話を交わしたが、こうした様子をミス・ラヴィニアが目にすれば、そのやさしさ溢れたもてなしに、それなりの感銘を得ることだろう、との思いだった。

またチャイムが鳴った。お習字の先生ダッドソン夫妻だった。夫人はグリーンの絹のドレスを着て、靴のつま先にそれに似合ったお飾りをつけていた。先生の方は白のチョッキに黒の半ズボン、同じく黒のシルクの靴下で、二人分かと思える大きな脚をにょっきり出していた。レディーたちは互いにひそひそ話し合い、お習字の先生ご夫妻はクランプトン姉妹のご機嫌取りで忙しかった。クランプトン姉妹は琥珀色《こはくいろ》のドレスに、長い飾り帯を下げていて、お人形さんのようだった。

またまたチャイムを引き鳴らす音がした。

パパにママ、おば様やおじ様、家主さんに後見人と、いずれもが生徒たちの関係者だったが、この他特筆すべき招待客があった。黒髪のかつらをつけたシニョール・ロブスキニーで、彼はピアノとバイオリンの演奏家で、ご酩酊に及べばハープもご披露するといったイタリア人の音楽家だった。二十人ほどの青年たちもきていて、ドアの近くでおしゃべりして立っていたが、ときどき女の子のようにくすくす笑い転げていた。

居間では会話が交わされ、ワーンと唸りをあげていた。コーヒーがご一同に手渡しで回された。太ったママたちもたっぷりいただいていた。ママたちは押し合い圧《へ》し合いの中でも、まるで自分たちが主役を演じているかのように、びくともしないでコーヒーを手にしていた。

次いで、高名なミスター・ヒルトンが到着した。クランプトン姉妹のたっての願いで、彼は司会のお役目をつとめることになり、いよいよカドリールが元気よく始まった。ドアの側にいた青年たちが一人二人と、間をおいて部屋の中央に進み出てきて、それぞれにパートナーに引き合わされたが、司会の気配りがよく、否《いや》も応もないうまい取り合わせだった。

お習字の先生は全セットを踊っていた。おどろくほど、だれよりも機敏に跳ね回っていた。夫人の方は小パーラーでブリッジの三番勝負をやっていた。そこは本棚が五本もある書斎といういかめしい名称のある部屋で、夫人がここでトランプをやっているのは、クランプトン姉妹に格別の配慮があってのことで、カドリールで跳ね回っているご亭主を見て夫人がたまげてはいけない、どこかに隠しておかなければなるまい、といった年に何回もない気遣いだった。

ここでただ一人、話題の中心であるべきラヴィニア嬢だけが、この夜のなりゆきを少しも楽しんでいないようだった。ダンスを懇請されても否《いな》だったし、議員閣下のご息女に対する当然の敬意を払って、うやうやしく接して言葉を交わそうとするのだったが、これも否。天下無類のシニョール・ロブスキニーの響きわたるテナーでも、ミス・ラチチア・パーソンズの見事なピアノ演奏でも、令嬢を感動させるには至らなかった。ミス・ラチチアが弾いたのは『アイルランドの思い出』で、作曲したモスチェレスが弾いたとしても、これ以上は望めまいといったほどの名演奏だったのだが、議員閣下のご息女は浮かぬ顔をしていた。

ミスター・テオドシウス・バトラーの到着が告げられたが、これとて奥の居間にいた議員閣下令嬢に席を立たせることにはならなかった。話題の啓蒙パンフレットを書いたテオドシウスが一座の人たちとひとしきり挨拶を交わしたところで、マリアが従兄弟のテオドシウスにいった。

「ところで、テオドシウス。私どもの新しい生徒さんを紹介しなければなりませんわ」テオドシウスは世俗のことにはまったく関心がないようにみえた。

「国会議員のお嬢様ですのよ」と、マリアがいった。テオドシウスはとび上がった。

「何ですって、で、名前は？」

「ミス・ブルック・ディングウォールですのよ」

「おお神よ！」テオドシウスは低い声で、詩を朗誦でもするような語調で叫んだ。マリアが礼儀正しい紹介のあれこれを始めた。ミス・ラヴィニア・ブルック・ディングウォールは少しも気が乗らない様子だったが、長々しい口上がすんだところでふと顔を上げた。

「エドワードじゃない！」令嬢が悲鳴のような叫び声をあげた。その目は男の顔から、

「ところで，テオドシウス．私どもの新しい生徒さんを
紹介しなければなりませんわ」

彼のトレードマークになっているナンキン木綿の靴下へと向けられた。幸いにも、マリアの洞察力がそれほどでもなかったのか、あるいは令嬢の何とも理解できない絶叫を、知らぬ顔でやり過ごすのも外交的なお作法に適《かな》うものと思ってか、この二人の心の動きなどまったく気にしていない様子だった。次のカドリールをご一緒にお願いしますと、作法通りナンキン木綿靴下の愛用者が令嬢に申し入れ、令嬢がそれを承知したのを見定めると、マリアは二人を残してその場を離れた。

「エドワード！　ほんとにあなたなのね」

ロマンチックなお嬢様が数ある中でも、ひときわロマンチックでおセンチなラヴィニアが、神様のお計らいで彼が並んで腰をかけると、ここでまた声をあげた。テオドシウスは可愛い令嬢に、ごくごく熱をこめた口調で、たしかに自分であることは間違いがない、他にだれがいるとおっしゃるのですか、と保証した。

「でも、なぜ、なぜなんでしょう。これは仮装舞踏会なのかしら。ああ、エドワード・マクネヴィール・ウォルター、私あなたに何かいけないことでもしたのかしら」

「ラヴィニア、聞いてください」と、最高の詩的身もだえをみせながら、色男が応えた。

「我が身をお咎《とが》めある前に、まずはお聞きあれ。この惨めなる男の魂から迸《ほとばし》りいづる何がしかの言の葉が、あなたの思い出に何がしかの痕跡を残すことができたものであれば、そうなんです、あなたの関心に値する者が、いかにそれが卑しき者であっても、ご記憶に残っているのであれば、お聞きあれ、私はかつて一巻の冊子を著しております、その出版に当たっては費用も自分で出したのですが、いや、それはさておき、タイトルは、ご記憶でしょうか、『蜜蠟税撤廃政策に関する諸考察』でありましたが……」

「ええ、それは、もう」と、ラヴィニアは感極まって、すすり泣きながらいった。

「それこそ、お父上が精魂を傾けておられる大問題でありました」と、愛する人が続けた。

「たしかに、彼ですわ、あなたですわ！」我らがセンチメンタリストが繰り返した。

「そうなんです」悲劇的な語調をくずさずにテオドシウスは続けた。

「そうなんです。私はその一部を閣下に進呈し、しかして閣下は私が何者であるかを知ろうと思われました。ここにおいて、我が名を明らかにできるものでありましょうか。できようもありますまい。否、否であります。あなたが何度となくその愛情こめた囁《ささや》きの声で、響きで発せられた名を偽りであるとは申せますまい。マクネヴィール・ウォルターとして、私はかの煩雑にして意義これある大問題に身を投じていたのです。マクネヴィール・ウォルターとして、あなたのお心を得たのです。しかして、同じ人格のまま、お父上の家政上のご配慮により、お屋敷から放逐されたのでした。しかして後、同じ人格のままではいかんせん、あなたにお目にかかることができなかったのです。でも、今や再びお目にかかっています。誇り高く我が名を申し上げましょう、私こそ、テオドシウス・バトラーです」

令嬢はこの理屈っぽい挨拶にすっかり満足がいったようにみえた。そして蜜蠟税撤廃の不朽の提唱者を、限りなく愛に満ち満ちた表情を浮かべて見つめたのだった。

「お父上の乱暴なるお仕打ちで打ち破られたお約束を、ここで思い出してはいただけませんか？」私こそそのテオドシウス・バトラーがいった。

「さ、この今度の組に入りませんこと」ラヴィニアが十九の娘としてできる精いっぱいのあだっぽい表情で応じた。

「いや、この場から動けませんよ。ことの諾否をお聞かせ願わねば、不安に苛《さいな》まれ身もすくむ思いなのですから。どうなんです、ぼくは、ぼくは、いいんですか？」

「いいのよ」

「じゃ、お約束は更改されたと」

「その通り」

「お許しをいただけたのですね」

「そうよ」

「何から何まで？」

「お分かりでしょう」顔を染めながらラヴィニアが応えた。愛しきテオドシウスのゆがんだ表情がぱっと喜びに輝いた。


この後、どうなったか。

テオドシウスとラヴィニアがどのようにダンスを楽しみ、それを見る人たちがどのようにため息をついたか。ミス・クランプトン姉妹がその場でどのように喜んだことか。お習字の先生が一馬力、二馬力もの力を発揮して飛び跳ね躍りあがってダンスをしていたが、その様子はどのようであったか。

そして一方、お習字の先生夫人が、気まぐれからか理由があってか、奥の書斎のカードテーブルを離れて大広間に出て、いちばん人目につくところでグリーンのドレスをひけらかしていたのだが、そのありさまはどのようであったか。小さな三角サンドイッチ

と タルトをトレーにのせて、あちこち何カ所かに趣向をこらした夜食が出《で》たが、その出来栄《きば》えはどのようであったか。レモンを隠し味にして、ニクズクを加えたニーガスという名称の飲み物を招待客の皆々様が、一体どのように味わったか。

いやいやそれだけではない、あれもこれも詳しく述べておきたいところだが、そろそろ紙面がつきるところ。さらに興味ある情景をお伝えしなければならない。

舞踏会があってから二週間たったとき、国会議員コーネリウス・ブルック・ディングウォール閣下が、すでにお馴染みの書斎に坐っていた。閣下はお一人で、その顔には深い思索と重々しい荘重ともいえる表情がみなぎっていた。今やまさに『イースター・マンデーを遵守すべき法案』を書き上げるというところだった。

お仕着せを着た使用人がドアを叩き、法案作成の立法者がぎくりとして世俗にご帰還、ミス・クランプトンの来訪が告げられた。聖域に入るお許しが与えられ、マリアがすべるように入ってきた。ばか丁寧な、もったいぶった態度で彼女に椅子をすすめてお仕着せが出ていった。我らがマリアは国会議員閣下と二人だけになった。ああ、だれかもう一人でもいてくれたら！　あの腕白紳士でもいてくれたらどんなにか気の休まることか！　と彼女は切に切に願ったのだったが。

マリアが切り出した。奥様のミセス・ブルック・ディングウォールと、お可愛らしいお坊ちゃまはご機嫌よろしゅうございますか――ご機嫌はうるわしかった。ミセス・ブルック・ディングウォールと可愛いフレデリックは只今ブライトンにいっているとのお答えだった。

「ミス・マリア・クランプトン、かかる遠路をはるばる……」と、国会議員閣下が肩書きにふさわしい重々しさを重々しく加えていった。

「今朝はお越し願って、あいすまんことでありましたな。我が輩がラヴィニアの様子をば観察せんためにハマースミスに赴《おもむ》くべきところでありましたが、貴女の報告にすこぶる満足いたしておるし、また議会での責務、これいささかの猶予もならぬといった事情でありましてな、学舎訪問の件は一週間ほど延期いたそうと決断した次第。ところで、ラヴィニアの様子はどうですかな？」

「それはもう申し分ございません、閣下」お嬢様がすでに学舎を出ていってしまったのをお父君に伝えるのを恐れながら、マリアがいった。

「ふん、我が輩の策定せる感傷除去計画が見事娘にマッチすれば上々であるのであるが」

すでにある者がお嬢様にマッチしてしまっていることを告げる絶好の機会だったが、哀れにもマリアは、そうした苦行に耐えられるレディーではなかった。

「我が輩が定めておいた行動規定の条項を厳格に守り通しておられると思うが、ミス・クランプトン、左様心得てよろしいでしょうな」

「厳格に、でございます、閣下」

「貴女の報告では、ラヴィニアが日に日に元気になってきておる、と申しておられるが」

「左様でございます、閣下」

「たしかに元気になっておると、我が輩もそのように確信しておるが」

「しかしながら、申し上げるのもはばかりあることではありますが、閣下」と、ここでマリアが打ち震えながらいった。「はばかりあることではありますが、ご計画は成功いたしませんでした。まったくもって、私どもとしましては、そうあれかしと願ったのでございましたが」

「成功しなかったと！」議員閣下が叫んだ。「何ということを！　ミス・クランプトン、ひどく怯《おび》えておられるようだが。何があったのかな」

「ご令嬢の、ミス・ラヴィニア・ブルック・ディングウォールは、閣下……」

「それで、どうしたというのかね」

「出ていかれました、閣下」と、マリアがいったが、今にも卒倒せんばかりだった。

「出ていった！」

「駆け落ちでございます、閣下」

「駆け落ち！　だれと、いつ、どこに、どんな風に、えっ？」すっかり動揺して、未来の外交官閣下が悲鳴ともいえる叫びをあげた。

マリアの、いつもはごく自然に、どちらかといえば黄ばんでいる顔が、虹のように何色にも色が変わった。国会議員殿の机に小さな包みを置いた。

閣下は急ぎ開いた。娘からの手紙と、もう一通はテオドシウスからの手紙。ざっと目を通すと、「お手元にこの手紙が届く前に……ずっと遠くに……気持ちに正直に……狂気にもみまがう愛なれば……蜜蠟……奴隷」云々云々《うんぬん》。

閣下は額に手をやり、お行儀のよいマリアがひどく驚いたことに、淑女の前をのっしのしと大股でいったりきたりした。

「まさに椿事《ちんじ》出来《しゅったい》である」閣下は机のところで立ち止まり、コンコンと拍子をとって机を叩きながら続けた。「以後断じて、金輪際《こんりんざい》、いかなる事態であろうと、パンフレットなど書きおる者をば、台所はさておき、我が屋敷のいずれの部屋にも出入りさせまいぞ。ラヴィニアとその夫なる者に年百五十ポンドはくれてやろうが、奴らの顔はもう二度と見ることはなかろう。それにしても、ああ！　何ということか！　花嫁学校廃止の法案を提出せねばなるまい」

こうした熱情にかられた宣言があってから、しばらく月日がたった。

バトラー夫妻は今はロンドン北のボールズポンドで、レンガ工場のすぐ近くの小さな家で田舎暮らしをしている。子供はいなかった。夫のテオドシウスはいかにもいかにもらしく振る舞って、寸暇を惜しんで執筆に励んでいた。しかし出版社に原稿を読む目がないのか、しかるべき筋からお達しがあってのゆえか、労作のどれ一つも印刷されていなかった。

若妻はこのところ哲学的な思索にふけっていた。「哀れである、悲惨であるといっても、それを体験もしないでいうのは単なる感傷である。衝動にかられて結婚すれば、本物の悲惨を招くことになり、のちに後悔することになる――自分が以前考えていたのは夢の夢で、ただ驚いただけで結婚を承諾してしまったのは、とんでもない間違いであった」と。

だいぶ時間がたったおかげで、コーネリウス・ブルック議員閣下も今は冷静になっている。自らが立案した感傷除去計画がこのような不幸な結果を招来したのは、まことに不愉快なことではあるが、それはミス・クランプトン姉妹のせいではなく、一《いっ》に自らの外交センスが未熟であるためであると認めるようになっていた。しかし、コーネリウス・ブルック議員は大物の外交官ではない。国会で未熟を咎められることはなかった。それどころか、精魂を傾けなければならない国事、雑事、些事が山のように議員を待ちうけていた。

ミネルヴァ舎は現状のままで、「ザ・ミス・クランプトン姉妹」の銘板は以前と変わりなく庭園ゲートに飾られている。二人のミスは、花嫁学校がもたらす喜怒哀楽のすべてを、それもこれも花嫁教育のためと、余人に煩わされることなく愉しんでいる。

（原題 Sentiment　初出、『ベルズ・ウィークリー・マガジン』一八三四年六月七日号。ディケンズはこの週刊誌に本篇だけを書いて、他の作品は寄稿していない。）

第四話　ラムズゲートのタッグス一家

ずっと昔の、まだテームズ川のロンドンブリッジが壊れていなかったときの話だが、橋から歩いて三分ほどのところ、サリー側にある細い通りに、ミスター・ジョセフ・タッグスが住んでいた。小柄な黒い顔をした男で、髪の毛はてかてか、目はらんらん、足は短く、お腹《なか》の出具合ときたら、大きなノギスを使って、チョッキの前ボタンからコートの背中の飾りボタンを挟んで測ったとしたら、それはもう驚くほど見事な寸法になったことだろう。

そして我らが愛すべきタッグス夫人。彼女の体つきは、完全に左右均整がとれたものではないが、至極ゆったりとしていた。一人娘でもう大人になっているミス・シャーロッテの体型も、父親のジョセフが若いときにすっかり魅惑され、心をときめかせたその母親に似て、早くから丸々と太って熟しきっていた。

シャーロッテのただ一人の兄に、ミスター・サイモン・タッグスがいる。一人息子で、家族のだれとも違う体つきをしていて、中味の方も出来が違っていた。顔はほっそりしているのはいいのだが、少々長く伸び過ぎといったところで、それにつられてか、大事な足の方もほっそりと長かった。こうした外見の良し悪《あ》しを問題としないほどに偉大なる精神とロマンスの香り豊かな性格で、傍《はた》であれこれ陰口をきかれていても、まったく気に留めていない。表に出るときは、いつもだぶだぶの靴に木綿の黒の靴下をはき、ノーネクタイで、帽子もかぶらず、ハンカチを飾らず、懐中時計の鎖をポケットから見せびらかすといったおしゃれもしないで、黒々と磨きのかかった頑丈そうなステッキだけを携えていた。

どんなに有用な仕事でも、いかに称賛に値するような仕事でも、口さがない連中の陰口を逃れられる仕事なんてありはしない。タッグス一家は食料品店をやっていた。食料品を扱っているなら、何も悪口をいわれることがないと思えるのだが、事実は違って、近所の者たちはタッグスをつかまえて、あいつはケチな旦那だと文句をいっていた。ティーやコーヒーをけちけち小刻みのクォータンで計っているし、砂糖はオンス、チーズは塊でなく切り身で売っている。タバコは小さな包み売りだし、バターも小さな塊でいくらいくらと細かく計っている——やきもち半分だが、こういって毒づいている者たちがいた。

タッグス一家はこうした嘲笑があろうとお構いなし、主人のジョセフは食品雑貨部門の責任をもち、タッグス夫人はチーズとバターを専門にそれぞれ商売に励んでいた。そしてシャーロッテはお勉強、サイモンは父親の帳簿つけをして、あとは自分の殻に閉じこもっていた。

春うららかな日の午後、息子のサイモンがオランダから週一回配達されるドーセット・バターの樽に坐っていた。樽は赤い小机の後ろにおかれていて、机にはカウンターの隅を隠す横木が渡されていた。こうしたところに、辻馬車から見知らぬ男が降りて、せわしく店に入ってきた。黒い服を着てグリーンの傘を持ち、ブルーの鞄《かばん》を下げていた。

「ミスター・タッグスですかな?」見知らぬ男がいった。

「ぼくの名前はタッグスですよ」と、サイモンが答えた。

「他のミスター・タッグスはいないのかな」店の奥の居間に通じるガラス戸の方を見ながら、見知らぬ男がいった。父親のジョセフ・タッグスの丸顔が、カーテン越しに奥から覗いているのがはっきりと見えた。

サイモンはいとも優雅にペンを波打たせていたが、当然父親が出てくるものと期待していた。父親のジョセフ・タッグスはさっとカーテンから顔を離すと、あっという間にその顔を見知らぬ男の前に現した。

「テンプルからきたんですよ」と、鞄の男はいった。

「テンプルからですって！　あの裁判所のあるテンプルからですって！」小さな居間のドアをバタバタやって開けながらタッグス夫人が飛び出してきた。その向こうにシャーロッテの姿が見えていた。

「テンプルからですって！」ジョセフとサイモンの親子が同時に叫んだ。

「テンプルからとは！」父親のジョセフ・タッグスの顔がオランダチーズのように青くなっていた。

「テンプルからです」と、鞄の男は繰り返した。

「弁護士のコワー事務所からです。ミスター・タッグス、お祝いを申し上げます。ミセス、ミス、皆さんのご幸運をお喜び申し上げます！　皆さん、ご成功なさったんですよ」こういうと、鞄の男はおもむろに傘を脇におき、手袋をはずして、ここで初めてミスター・ジョセフ・タッグスに手を差し伸べた。

「皆さん、ご成功なさったんですよ」という言葉が鞄の男の口から出るや否や、息子のサイモンはドーセット・バターの樽から立ちあがり、目をかっと見開き、カッカッと喘《あえ》いだと思うと、手にしたペンで宙に数字の8を描いて、どたりと母親の腕の中に倒れ込んだ。それがお芝居だったのか本ものの失神だったのかは、だれにも分からなかったが。

「ねえ、どうしましょう！」タッグス夫人が悲鳴を。

「目を開いておくれ！」父親が叫びを。

「サイモン！　ねえ、サイモン！」妹は金切り声をあげた。

「もう、大丈夫、よくなったよ」といって、サイモンは母親の胸から起き直ったが、改めて、「何だって！　成功だって！」というと再び気を失ってしまった。一旦は正気に戻ったことは証明したのだが、サイモンの神経には少々きつい話だった。家族の全員、それに鞄を持った男も加わって総力結集、サイモンを小さな居間に運び込むことになった。

タッグス家がテンプルで何を争っていたか知らずに、偶然この場に居合わせただけでは、サイモンが失神するなど、とうてい理解できるものではなかったが、鞄の男の使命が何であるか分かっていたならば、そしてサイモンが生まれつき神経が弱く興奮する性質《たち》なのを知っていれば、さほど驚くような事態ではなかった。父親に贈与されるべき遺産が、遺言書の有効性に問題あって、何年にもわたり裁判が続いていた。それがここにきて思いがけず結審。ミスター・ジョセフ・タッグスは二万ポンドを受け取り、大金持ちになったのだった。

その夜、小さな居間で長い相談が始まった。タッグス家の未来の運命を決定する相談だった。常になく早いうちに店を閉じた。入れ代わり立ち代わり人々がやってきては、閉じたドアをみて甲斐ないキックをかませていた。四分の一ポンドの量り売りで砂糖を買ったり、パンも四分の一に切ってもらわなければならない。コショウは一ペニー分で我慢する。そうしたお客にとって、砂糖やパンは「土曜日まで在庫」のはずのものだった。しかし、店に遺産授与の御宣託があったおかげで、何もかも消し飛んでしまった。

「うちの商売、やめなければならないわ」シャーロッテがいった。

「まさにその通りだわ」タッグス夫人。

「サイモンは、やはり弁護士にならなきゃいかんな」と、これは父親のタッグス氏。

「それでぼくは、サインするときはSのサイモンではなくフランス風にCのシモンにすることになる」と、息子がいった。身分が変わったのだからスペルも変わるべき。

「じゃ、私はシャーロッテじゃなくて、シャーロッタだわ」妹が応じた。

「こうなったからには、お前たちは私のことを『マ』、父さんのことは『パ』と呼んでちょうだいね」と、タッグス夫人。

「分かったわ。で、『パ』には今までのような下品な癖をやめていただかなければ」シャーロッタことシャーロッテが口を挟んだ。

「そりゃ、いろいろと注意するよ」『パ』のジョセフが悦にいって応じた。こういいながらも、鮭のピクルスを、はしたなくもポケットナイフを使ってつついている。

「ぼくらすぐにでも町を出て行かなければ」と、シモンことサイモンがいった。お上品であるためには、こんな所にいるわけにはいかない、即刻出て行くべしと、家族全員が一致した。とはいえ問題がある、一体どこに行くべきか。

「グレーヴズエンドはどうかな?」父親のジョセフが自信なさそうだったが、『パ』としての役目がら口火を切った。満場一致で却下。テームズ川の河口にある港町のグレーヴズエンドでは、ご一家にとって品がある町ではなかった。

「マーゲイトではどうかしらね」タッグス夫人が、ロイヤル劇場もある海浜保養地を思いついて、一同の顔を見まわした。駄目駄目、商人の他に、一体どんな人が住んでいると思っているのか。

「ブライトンは？」シモンが、これならどうだ、絶対間違いなしと、元気よく提案した。ところが、この三週間の間にブライトンに行く馬車という馬車が全部ひっくり返っていた。馬車一台当たり平均して二人が死亡、六人が負傷というありさまだった。新聞によれば、どの事故も「明らかに、御者の過失ではなく、御者にその責めを負わすわけにはいかない」とのこと。街道の手入れがあやしいらしい。

「ラムズゲートなら」と、シモンが考えあぐんだ末にいった。ここなら馬車が横転した話もないし、それ相応な人士の集まる所ではないか。なんと間抜けだったのだ、ラムズゲートを思いつかなかったとは！　ラムズゲートほど他に抜きんでた土地はないぞ！

こうした話があってから二カ月後、ロンドンのシティーとラムズゲートを結ぶ蒸気船がいかにも快適にテームズ川を下っていた。船旗が翻《ひるがえ》り、楽隊が演奏し、乗客たちは会話を愉しみ、何もかもが陽気に生き生きしていた。もちろん、タッグス一家が乗っていた。

「うっとりするね、こういうのをすばらしき景観とでもいうのだろうな」と、タッグス氏がいった。濃いグリーンの上着を着て、同色のビロードのカラー、それに金色のバンドをつけたブルーの旅行帽といった出《い》で立ちだった。

「精神高揚といったところですね」これは息子のシモン。二人は甲板に出て、バーで話をしていた。「まさに精神高揚というところですね」

「まったくすばらしい朝ですな」と、脇から恰幅《かっぷく》のいい軍人らしい身なりをした紳士がいった。ブルーのフランス風のフロックコートを着て、あごの先までボタンを掛け、白いズボンにつけた飾りの鎖を靴の底にまわして留めているという、見事な出で立ちだった。

シモンはこの紳士が表明した、自分たちと同じ観察結果に応えなければならないと思った。

「この世のものとは思えませんね」

「あなたはきっと、自然の美の熱烈なる愛好者ですな」白ズボンの紳士がいった。

「それが、そうなんです」

「もちろん大陸にも行かれたでしょうね？」

「いや、どちらかといえば」と、ここでシモンは、但し書きを付けなければならないような答え方をした。行ったような、行かなかったような、どちらかといえばその……と、相手にそれとなく察してもらえれば幸い、という口調だった。紳士はシモンの困惑を察してか話題を変えて、家長のタッグス氏に向かっていった。

「ご子息には、グランドツアーをご計画でしょうな?」

タッグス氏は「グランドツアー」がまさか貴族の子弟の大陸修学旅行であるとは知らなかったし、もしかしたら国内旅行の新商品かな、くらいに考えて「もちろんです」と答えた。ちょうど彼がこういったとき、船尾に坐っていた若いご婦人が階段に躓《つまず》きながら上がってきた。

濃いブラウンのシルクコートを着て、同じ色のブーツ。黒髪の長い巻き毛で、大きな黒い眸《ひとみ》の若いご婦人だった。短いペティコートをつけていて、申し分なくほっそりとした足首がのぞいていた。

「ねえ、ウォルター」若いご婦人が白ズボンの紳士にいった。

「やあ、ベリンダ、おまえか」紳士が黒い眸のご婦人に応えた。

「ずいぶん長い間わたくしを一人にして」と、若いご婦人。「厚かましい若い人たちにじろじろ見られて、わたくし、困っていたのに」

「なに？　じろじろだって？」と、軍服を着た紳士が叫んだ。あまりに強い調子だったので、シモンはすばやいの二倍のすばやさで、若いご婦人の顔から目をそらせた。

「そりゃ、どこのどいつだ、どこにいるんだい？」紳士はこぶしを握り締め、まわりで葉巻をすっている者たちを恐い顔でにらんだ。

「いやだわ、お静かにして、ウォルター、お願いですから」

「そうはいかない」

「お願いしますよ」と、シモンが口を挟んだ。「あなたがわざわざ怒るほどの者たちじゃないですよ」

「そうだわ、その通りよ。ほんとうに」若いご婦人が力説。

「そういうなら、ここはおさまるけど」と、紳士がいった。「その通りかもしれんな。いや、ありがとう、時宜に適《かな》ったお諫《いさ》めでしたな。危うく未必《みひつ》の故意による殺人の罪を犯すところでした」

こういってひとまず怒りを鎮めると、軍人姿の紳士はシモンの手を思いっきり力をいれて握り締めた。

「あれは、ぼくの妹です」紳士が妹のシャーロッタに感嘆の眼差《まなざ》しを注いでいるのを見て、シモンがいった。

「私の妻で、マダム、いや、ミセス・キャプテン・ウォーターズです」軍人姿の紳士ことウォーターズ大佐が、黒い眸の若いご婦人を紹介した。

「母の、マダム、いや、ミセス・タッグスです」と、シモン。

互いに引き合わせがすむと、大佐とその若い夫人の二人は寄り添って、すこぶるねんごろに小声で話し始めた。タッグス一家は、こうした男女のささやきを間近に見るのは初めてだったので、すっかり目のやり場に困っていた。このあと二人はタッグス一家とのおしゃべりに加わったが、半時間ほどして、ウォーターズ大佐夫人が何か思いついたような様子で夫に声をかけた。

「ウォルター、ねえあなた」

「なんだい、ベリンダ」

「こちら、カリウィニ侯爵に似ていらっしゃらないかしら、そうお思いになりませんこと」

彼女はそういいながら、シモンの方に小首を傾《かし》げた。

「なるほど、これはどうだ！」と、大佐。

「お目にかかった瞬間に、実ははっとしたんですのよ」こういうと、ウォーターズ大佐夫人は、夫人に出会って以来朱色に染まったままのシモンの顔を、どことなく物憂い様子でしげしげと見つめた。シモンが周りを見ると、皆が自分のことを見ているのに気づいて、目のやり場に困ってしまった。

「まさに侯爵のご様子そのものだね」大佐がいった。

「まったく、こんなことってあるのかしら」大佐夫人がため息をついた。

「侯爵をご存知ですかな？」大佐がきいた。

シモンは口籠《くちご》もりながら、知らないと答えた。

「そうですか。もし侯爵をご存知なら」と、ウォーターズ大佐が続けた。「ご存知でしたらね、どうして侯爵に似ているのが誇らしいことか、いろいろとお分かりになるでしょうが。侯爵はエレガントそのもの、しかもその容姿ときたら完璧ですからな」

「ほんとに、すばらしい方ですわ！」ベリンダが勢いづいて同調した。その視線はシモンの目をしっかりと捉えていたが、せっかくの大佐の保証をどう理解したらよいか分からず、ただただ困惑しているシモンの様子を見て、何やら得心がいったかのように静かに目をそらせた。

タッグス一家はこの場の展開に至極満足したのだが、さらに話が交わされて、シャーロッタが大佐夫人の親戚の、爵位のある一族のお嬢さんに生き写しではないか、母親のタッグス夫人がご後室のダブルトン侯爵夫人の肖像そのものだ、などと新しい発見やら確認が加わってきて、まるで自分たちが上流社会に近づいたような思いがしてきた。それもこれもラムズゲートを選んだおかげ、お上品な大佐夫妻に知己を得たからと、舞い上がるほど喜んだのだった。

ウォーターズ大佐の威厳もいつか和《やわ》らいで、タッグス氏に自分から声をかけて、デッキで冷たいピジョンパイをつまんだり、シェリー酒を飲むようになった。飲んだり食べたりで会話はさらに弾み、楽しいきわみの道中だったが、ついに蒸気船がラムズゲート桟橋に横づけになった。

「では、ごきげんよろしゅう」下船の騒ぎが始まろうというとき、ウォーターズ大佐夫人がシャーロッタにいった。「朝にでも砂浜でお目にかかれますわね。それまでには宿も決まりますから。これから先何週間もご一緒できれば、ほんとに楽しく過ごせるんですけど」

「ほんとに、そうなれば嬉しいわ」シャーロッタが熱をこめていった。

「皆さん、チケットをどうぞ」汽船の水車カバーに乗っている男がいった。

「ポーター、ポーターのご用は？」仕事着を着た男たちが叫んでいた。

「では、ここで！」ウォーターズ大佐がいった。

「ごきげんよう！　さようならミスター・シモン！」

ウォーターズ大佐夫人がこういってシモンに手を差し伸べたが、その手が触れたときには、愛すべきシモンの神経はまさに錯乱寸前のありさまだった。大佐夫人は人込みの中に消えていった。濃いブラウンのブーツがステップを一段二段と上っていき、白いハンカチがひらめき、黒い眸がきらりと光った。ウォーターズ夫妻は去っていき、ひとりシモンが無情なる世に取り残されてしまった。乙女のように感じやすい若者は、ぼんやりと口もきかずに、ただただ尊敬すべき両親の後に従うだけだった。ポーターの一団が手押し車をもって桟橋をふさぎ、辺《あた》りはまたもや喧騒の巷《ちまた》となり、シモンはやっと我に返った。

お日さまが輝く上天気。海は自ら曲を奏《かな》でダンスを舞い、いかにも楽しげに波打つといった様子。人々は群れをなして、あちらへこちらへと散策、娘たちはくすくす笑い合い、歳のいったご婦人方はお喋り。子守の女たちはここぞとばかり、ありったけの愛嬌を振りまき、子守の手を離れた小さな子供たちは人の群れをかいくぐって、足元を走ったかと思えば股の間をすり抜けてあちこち登ったり降りたり、出たり入ったりで、大はしゃぎで遊んでいた。

遠眼鏡で遠くを眺めている年寄りたちがいれば、シャツの胸をはだけて何やら物色している若い連中がいる。ご婦人方が携帯用の椅子を手に歩いているかと思えば、その携帯椅子が年寄りや病人を坐らせてそこここにぽつねんと。桟橋には蒸気船でやってきたお仲間を迎えに出てきた一団があって、お喋り、笑い声、そして歓迎のご挨拶、陽気なことこの上なかった。

「旦那、一頭立ての馬車だよ、快速フライはいかが？」

ジョセフ・タッグスが一家の先頭に立って桟橋を離れようとしたとき、十四人の男たちと六人の子供の大合唱が巻き起こった。

「さあ、旦那、お待ちかねだよ！」と、そのうちの一人が帽子に手をやって、お世辞笑いを浮かべていった。「いやはや、やっとこさおいでなさった。この半年がとこ、お待ちしていたんで。旦那、さっ、飛び乗ってくださいよ」

「上物の快速フライですぜ。風のようにトロットで走りますぜ」と、もう一人。「こいつは時間で十四マイルは走って、まわりの景色なんかすっ飛ぶほどの猛スピードですぜ！」

「お荷物はおっきなフライに積み込みますよ、旦那」と、第三の男。「どでかいのがあるんでさ、旦那。フライはフライでも、こっちは青っぴかりのブルーバトル・フライでさ！」

「こいつが旦那のフライでさあ！」もう一人のフライ戦士が御者台の上で待ちきれないといった様子で叫んだ。馬の方はといえば、グレーの毛並みの年寄りで、トロットにしてもギャロップにしても、いずれもこりゃ考えもの、といった風情だった。「奴をご覧なさって。羊のようにおとなしくて、馬力の方は蒸気でシュッシュポッポシュッポポですよ」

最後に声をかけてきた羊のような馬の方がもしかしたら快適かもしれないとは思ったが、タッグス氏は、色褪せた縞模様の残っている、グリーンがかった毛並みの方に合図した。荷物とご一行が無事に積み込まれ、乗り込んだ。車軸に括りつけられた馬がウォーミングアップ、小半時ほど道路に空足を踏んで円を描いてから、ようやく得心いったのか、宿の探索にと出発した。

まず最初に、お部屋をお貸しできます云々《うんぬん》とビラを貼ってある家にくると、タッグス夫人がフライに乗ったまま、家から出てきた婦人に向かって、

「こちらベッドがいくつ用意できるの?」と、叫んだ。

「いくついるんですか、奥さん?」と、これは当然の答え。

「三つよ」

「どうぞ、お入りになってくださいな」

タッグス夫人が降りていき、家族一同は大喜び。表の窓からの海の眺望は抜群、何とチャーミングな! ちょっとの間をおいて、タッグス夫人が戻ってきた。居間が一つに、それに敷き布団が一枚。

「何たることぞ! 初めからそういえばいいものを。きかなかったのかい」と、タッグス氏がちょっとすねた様子でいった。

「そんなこと、初めから分かりませんよ」と、タッグス夫人。

「何たる恥っ知らずが!」神経過敏のシモンが顔色を変えていった。

次から次へとビラを見ては止まり、止まっては走り、そして同じ質問、同じ答え、結果は同じ。

「一体こりゃどうなってるのかね」タッグス氏がすっかり頭にきていた。

「どうもこうも、私には分かりませんよ」腹を据えたタッグス夫人が落ち着いて答えた。

「ここなら大丈夫でさあ」と、事情を呑み込んだ御者がここなら部屋がとれますよといった様子で断言した。そこでまた出ていって、改めて質問、改めて失望落胆。

もう日が暮れてしまった。快速フライとは名ばかりで、その動きはもたもたして哀れなほど。四つも五つもの切り立つような坂を登っていって、やっと一軒の埃《ほこり》っぽい、張り出し窓のある家の前で止まった。もちろんここからなら海の眺望は確実というところだが、そのためには、あわや転落というところまで窓から身を乗り出してのこと。

タッグス夫人が馬車を降りた。一階に居間があって、二階にベッドの入った小部屋が三つあった。二軒つながっていて、家族は向かいの母屋に住んでいた。五人の子供が居間でミルクを飲んだり遊んだりしていたが、小さな子が一人、お行儀が悪いと叱られて追い出され、通路に仰向けになって泣いていた。

「どういう契約になりますの？」と、タッグス夫人がいった。この家の女主人はあわよくば何ギニーか余分に頂戴できないものかと考えて、ちょっと咳《せ》き込んで、何をきかれたのか聞こえなかったふりをした。

「どういう契約になりますの？」と、一段と調子を高くしてタッグス夫人がいった。

「週五ギニーですの、奥さま。サービス込みで」と、ロッジの家主が答えた。ここでいうサービスはいつでもご退屈の節はベルを引いてくださいという特典付きを意味していた。

「ちょっと高いんじゃないかしら」とタッグス夫人。

「いえ、そんなことありませんわ、奥さま！」御一行様は土地のあれこれに詳しくないのだから仕方ないがと、同情したような優しい笑みを浮かべて、この家の女主人が答えた。「ここでは大変お安いんですよ！」

こういわれてはもはや疑う余地はなかった。タッグス夫人は一カ月の約束をし、前金で一週間分の料金を払った。一時間ほどたってから、この新しい住まいでやっとお茶を飲んでくつろぐことになった。

「でっけい海老だ！」タッグス氏が目の前に出された土地の料理をみて叫んだ。どうして「でっけい」なんだ、「すばらしい」とでもいってくれ、とばかりシモンは目を吊り上げて父親を睨《にら》んだ。

「いや、そうだよ、大きい海老だ」と、タッグス氏。「でっけえも、大きいも、どっちだって美味《うま》きゃいいがね」

シモンはその目に品のない父親への恨み、育ちの悪さへの同情をたたえて応えた。

「どっちだっていい、ですって、パ！　こんな下品な言葉をウォーターズ大佐が耳にされたら何ていうでしょう?」

「あのミセス・ウォーターズがご覧になったら！」シャーロッタがいった。「あら、うちのマったら、ああいやだ、海老を全部食べちゃって、頭も尻尾も！」

「とうてい考えられないよ！」身震いしながらシモンが叫んだ。「何という違いだ、ご後室のダブルトン侯爵夫人に似てるとはとうてい思えないよ！」

「ミセス・ウォーターズ、素敵な方だったわ、ね、そうでしょうシモン?」シャーロッタがきいた。

シモンの顔がぱっと燃えあがり、神経がひくひくとひきつった。

「天使の美しさだよ！」

「おいおい、わが息子よ！」と、父親のタッグス氏。「息子よ、既婚婦人には気をつけなきゃ、いつもいってるだろうに」こういうと、わけ知り顔に息子にウインクした。

「なぜ、なぜなんです」思いもかけなかった警告に、シモンは驚き怒り、激情を激発した。

「ぼくの、あの幸せな思いが絶望になり、希望のすべてが消え去ったという今になって、なぜに、なぜに、ぼくの脳裏を切なくも塞《ふさ》いでいるこの惨めな思いを、なぜに今新たに呼び起こすのですか、あざ笑うのですか？　それが父親としての満足であるのですか？　ぼくにはもう、もう、もう……」ここで弁士はひと呼吸いれた。続く言葉が見当たらなかったのか、ほんとうに息が上がってしまったのか、それはだれにも分からない。

この抗議の弁舌にはなかなかに重々しい響きがあって、それなりに一家の者に感銘を与えたようにみえた。ロマンティストのシモンは自分もすっかり気分にひたっていた。一息いれると、ベルを引いてメイドに寝室用のロウソク立てをもってくるように注文したが、返事は無用といった勢いだった。頃合いを見計らったのか半時間ほどたって、メイドがロウソクに皿を添えてもってきた。シモンはそれを手にして、芝居がかった調子でしずしずと寝室に向かった。タッグス一家は皆床に入った。シモンの弁舌のおかげで、一家は神秘と混迷の境をさまよう夜を過ごした。

タッグス家が初めてラムズゲートに上陸したときの、桟橋に見られた活気と喧騒についてはすでに述べたが、あくる日の朝の砂浜の様子はそれをはるかに上回っていた。空は明るく晴れわたり、海からの風がそよりと吹きわたり、前日とまったく同じご婦人方、紳士方が姿をみせていたし、子供たちも子守たちも同じなら、遠眼鏡も携帯椅子もまったく同じ様子だった。

ご婦人たちは椅子に坐って、刺繡をしたり懐中時計の鎖紐を編んだり、編み物をしたり小説を読んでいた。紳士たちは新聞や雑誌を読んでいて、子供たちは木製のスキで砂を掘ってはそこに水を呼び込んでいた。子守の女たちはいちばん小さな子を腕にかかえて、波を追ったり、寄せてくる波から逃げてきたり。ときどき、小さな遊覧船が陽気にがやがや喋り散らすお客たちを乗せて出ていったかと思うと、帰りは打って変わって、疲れてしまったのか、ひどく静かに押し黙ったお客を乗せて戻ってきていた。

「まあ、こんなことって！」と、タッグス夫人が叫んだ。タッグス氏、それにシャーロッタとシモンもいっしょだった。イグサを張った椅子に、四足お揃いの黄色い靴をはいた八本の足が並んでいた。椅子が軟らかい砂の上にあったので、すぐさま二フィート半ほど沈んでしまう。

「やあ、参ったな！」

シモンはあらん限りの力で椅子を引き抜き、後ろの方に動かした。

「どうしたのかね、入っていくご婦人がさっぱりいないとは!」タッグス氏が、ひどく驚いた様子で叫んだ。

「まあ、パパったら!」と、シャーロッタ。

「いた、いるんだなこれが」タッグス氏が訂正した。長いドレスを身に着けた四人の若いご婦人たちが、ほろ付きの馬車のような格好《かっこう》をした、新発明の更衣室つき海水浴機のステップを軽やかに上がっていった。御者が馬に合図すると海水浴機は海水の中に進んでいき、頃合いをみて御者が手もとの滑車を引くと、ステップの辺りにテントが張りだし、更衣室でドレスを脱いだ客たちが、密室になったテントの中でバチャバチャと海水を浴びて楽しむという仕掛けだった。これなら外から様子を探ることができない。そうこうするうちにテントがたたまれ、まだ機械が海中にあるというのに、ご婦人たちが四つの水しぶきを上げて飛び出してきた。

「これや、珍妙な仕掛けだね!」この情景にどぎまぎしていたタッグス氏が、やっと口を開いた。シモンは軽く咳ばらいをした。

「あら、こっち側から男の人たちが入っていったわ!」タッグス夫人が驚いて声をあげた。

今度はテントがいらないようだった。馬が沖合いにバチャバチャと機械を引いていき、水しぶきが盛大にはね上がり、三人の紳士が何頭ものイルカが遊ぶように、海水で戯れていた。

「これや、珍妙な仕掛けだね！　ご婦人にはもってこいの大発明だ」再びタッグス氏が感嘆していった。今度はシャーロッタが空咳をした。それからしばらく何事もなかったが、その沈黙も華やかな声で破られた。

「あら、ご機嫌いかが。私どもずっとあなたをお探ししていましたのよ」その声はミス・シャーロッタに向けられ、声の主はウォーターズ大佐夫人その人だった。

「や、お元気ですかな」ウォーターズ大佐が親しげにいって、それからひとしきり心を込めた挨拶が交わされた。

「ねえ、ベリンダ」と、遠眼鏡を目に当てて海の方を見ていたウォーターズ大佐が声をかけた。

「何かあって、あなた」大佐夫人がやさしい声で応えた。

「あれはヘンリー・トムソンだよ！」

「あら、どちらかしら？」ベリンダはそういって自分の遠眼鏡をとりだした。

「海水浴だよ」

「まあ、あらほんとうに。彼、こちらを見たかしら？」

「そうとは思えないね」大佐が答えた。「おやまあ、一体どうしたというんだ！」

「何が？」と、ベリンダ。

「メアリー・ゴールディングもいるんだよ」

「まあ、どこかしら」ベリンダはそういって遠眼鏡をまたとりあげた。

「ほら！」大佐はそういうと、ご婦人たちの一人を気づかれないように指差していった。彼女は海水浴のコスチュームを着ていたが、まるでマッキントッシュ特許の、寸足らずの雨合羽《あまがっぱ》に包まれているようで、素肌はすっかり隠れていた。

「たしかにそうだわ！」大佐夫人が叫んだ。「おかしいわ、あのお二人に会うなんて！」

「まったく」大佐はすっかり落ち着いた様子でいった。

「こうしたことは、ここでは当たり前なんですよ」と、シモンが父親にささやいた。

「そのようだな」と、タッグス氏が同じようにささやいて応えた。「何とも、不思議なことだね」

シモンはうなずいて同意であることを示した。

「ところで、今日はどういうご予定ですかね？」と、大佐がタッグス氏にきいた。「ペッグウエル入江まで行って、いっしょにランチをとりませんか？」

「わたくし、あそこ、とても気に入っていますのよ」タッグス夫人が横から口を挟んだ。ペッグウエルのことなんか聞いたこともなかったが、「ランチ」という言葉が耳に届いたし、それに「ペッグウエル」が、とても快く耳に響いていた。

「どうしましょうか。歩くには少々暑いですからね」と、大佐。

「乗合馬車では？」タッグス氏がほのめかした。

「それをいうなら遊覧馬車ですよ」シモンがささやいた。

「一台あれば十分でしょうな」と、シモンが間違いを指摘したのにまったく気づかず、タッグス氏が大声でいった。「といっても、何なら二台の乗合で」

「わたくし、きっとロバさんのことすごく好きになりそう」ベリンダがいった。

「そう、私もきっとよ！」シャーロッタがつられていった。

「よろしい。私たちが快速フライにして」と、大佐が提案した。「そしてお二人さんは二匹のロバで行けばいい」

ここで新たな問題が発生した。大佐夫人が、レディーが二人だけでロバに乗っていくなんて、どうしても納得できないと言明したのだった。どうすればよいか。答えは明々白々ではないか。若いミスター・タッグスがお二人に同行する気持ちさえあれば、万事は片付くはずなのだから。

ミスター・シモン・タッグスは頬を染め、笑ったかと思うと気もそぞろな様子で、頬を引きつらせながら、自分は馬術家ではないので、といってたじろいだ。だれもこんな抗議は受け付けなかった。すぐさま快速フライをつかまえて、三匹のロバもお役目につくことになった。ロバの持ち主がいとも荘重に宣言したところによると「雑穀じゃないよ、コーンを食わせているから、どいつもこいつも元気だよ」とのことだった。

ロバに乗せるのがひと騒動だった。いうことを聞かないロバを押したり引いたりして、ベリンダとシャーロッタがどうやらロバの鞍に収まり、世話を焼いていた子供の一人が、「どうどう!」と、掛け声をかけてロバをうながした。

「はーいはい、どうどう!」今度はシモンの世話をしていた子が唸った。

ロバが進んだ。アブミがシモンのブーツの踵《かかと》にぶつかってチンチン音を立て、ブーツが今にも地面をガリガリ引っ掻くのではないかと思える格好で、シモンは堂々と行進した。

「やぁー、ほいほいほー!」鞍の上で上下に激しくダンスをしながら、シモンとしては上出来の掛け声をかけた。

「あら、ギャロップはいけないわ!」ベリンダが後ろで叫んだ。

「私のロバったら、向こうのパブに突入しそうだわ!」シャーロッタが殿《しんがり》から叫んだ。

「はい、はい、どう、どう」

二人の子供がいっせいに掛け声をかける。もうだれが何といおうと、ロバたちを止めることなんかできない、といった勢いだった。

とはいっても、何事にも終わりというものがある。ロバのギャロップにも、いつかは穏やかになるときがくる。シモンが跨っていたロバは、手綱をやたらと左右に引かれてお冠《かんむり》になり、一体どっちに行くんだい、どうにでもなれ、とばかりレンガの塀に横腹を擦りつけて、いかにおれ様が怒っているか思い知れ、とばかりに、シモンの脚をザラザラした塀に擦りつけて鬱憤《うっぷん》晴らしをしていた。

ベリンダのロバの方は、いくらか遊び気分があったのだろう、突然頭から生け垣に突っ込んでしまい、そのまま出てこようとしなかった。シャーロッタが乗っていたロバは、お仲間の滑稽きわまる様子を見て大喜びしたのか、前足を地面にしっかりと突き刺し、いとも軽々と後ろ足を蹴上げた。もっとも、これは仲間の様子に驚いてやったことかもしれない。

せっかくの遠乗りが、こんな風に突如として終幕を迎えてしまい、いかなる騒ぎが出来《しゅったい》したか。二人のレディーは数分間にわたって、すさまじい悲鳴をあげていた。シモンは脚がロバと塀にぴたりと挟まれてしまい、いくら足掻《あが》いても、どうにも動きがつかないでいた。激しい痛みには何とか耐えて悲鳴をあげるまでには至らなかったが、レディーたちの惨憺たる状況を目撃しても、とても助けにいけないでいた。

ここは手馴れた子供たちの出番だ。いちばん反抗的で、いうことを聞かないロバの尻尾を捩じり上げるという、急場凌《しの》ぎの荒業を使って、思った以上に早々と秩序回復に成功した。おかげでこの小さな一団は、静々のろのろ歩き出すことになった。

「いいかい、歩かせるんだぞ」シモンが念をいれた。「こいつらを急がせるのは酷というもんだ」

「かしこまりました、旦那」シモンがいったのは、ロバに酷だというのでなく、自分たち乗り手に酷だといっているのが分かるだろうといった様子で、仲間ににやりと歯を見せて、子供の一人がいった。

「素敵なお天気だわ！」と、シャーロッタ。

「ほんとに、わくわくするようなお天気！」と、ベリンダが応える。「ほんとに見事な景色ではありませんこと、ミスター・タッグス！」

シモンはベリンダの顔を正面に見て応じた。

「まさしく見事な！」

ベリンダは下の方を見やり、ロバに無理強いして、鞍の上で少し腰を後ろにずらせた。シモンもすぐさま同じようにした。

ちょっとした沈黙があって、シモンのため息だけが聞こえた。

「ミスター・シモン」と、急にベリンダが声をひそめていった。「ミスター・シモン、わたくし、わたくし、あなたとは……」

いまさらそんなこと、そんなことは委細承知の上のため息です、とシモンは全身で応えた。

「もしそうでなかったら……」と、ベリンダは続けたが、ここで口をつぐんだ。

「何が。どうしたというんですか？」シモンが急き込《せ》んでいった。「ぼくを悩ませないでください。何をおっしゃろうとしているのですか？」

「もしそうでなかったら……」ベリンダが続けた。「もっと昔に、気高い青年と、魂の通い合う、性の合ったお方と知り合って、そしてその方に愛されたとしたら……おお、そうだわ、感覚も情緒も通い合って……」

「ああ、何ということを聞いてしまったのだろう」シモンが叫んだ。「そんなことって！　信じられるもんか！　……それっ！」

この最後の「それっ！」は、もちろんロバに向かって叫んだもの。ロバは前足の間に首を入れてひづめの状態をひどく心配して調べているようにみえた。

「はい、はい、どうどう」後ろで子供たちがいった。「それ行け」とシモンが再び掛け声をかけた。「はい、はい、どうどう」と、子供たちが繰り返した。ロバがシモンの命令調の掛け声に憤慨したものなのか、心配した飼い主の走ってくるブーツの響きを自分に対するお仕置きの警告と聞いたものなのか、はたまた、他の二頭のロバを追い抜いて走るのを気高き競《せ》り合いの精神とばかり燃え立ったのか――確かなのは二度目の「はい、はい、どうどう」を聞くや否や、シモンの帽子をぶっ飛ばすほどの勢いで走り出してしまったこと。寸時にペッグウエル入江のホテルに到着して、お客人が背から下りるよりは楽だろうとばかり、賢明にもホテルの玄関先に頭越しに放り出してしまった。

シモンの格好は見るも哀れ、無残だった。タッグス夫人は息子を心配して凄まじい悲鳴をあげた。そして、息子のこの不様《ぶざま》なありさまを大佐夫人のベリンダがみてどう思うかと、気を揉んでいた。うまいことに大事には至らなかったようで、シモンの痛みの方が、どうやらロバよりも軽いようだと分かった。ロバは恨みがましくシモンを睨《にら》みつけていたが――いずれにしても、ご一行様が揃ってホテルに到着したのだから、万々歳だった。

タッグス夫妻と大佐夫妻が裏にある小さな庭に出て、ランチを注文していた。小皿に盛った大海老、バターの塊、ヘタつきのパン、それにジンジャーのビンという献立だった。空には雲一つなく、目の前には芝が広がり、植木鉢がいくつか置かれている。海は断崖の足元から遠く沖合いにかけて何一つ遮るものなく広がり、遠くに見える船は小さく白く、真っ白い白麻のハンカチのように見えた。

海老は上物だったし、ジンジャーも気に入って、大佐はだれよりも愉快そうに楽しんでいた。夫人のベリンダはランチをすますと、芝を横切って植木鉢の間を抜け、大佐の後を追った。次いでシモンを追いかけ、お次はシャーロッタを追うなどと、笑っては喋りまくり、ことのほか上機嫌だった。傍目《はため》が気になるところだったが、大佐にいわせれば、ここは保養地、ホテルにいる連中にとって、だれがだれとどう騒いでいようが気にもとめないとのこと。ジョセフ・タッグスはこれを聞いて「確かにその通り」と応じていた。

庭から少し出たところにある丸太の梯子をこわごわ下りて、一同は断崖の下に出ていった。ラムズゲートに戻るぎりぎりの時間まで、蟹を見たり、海草を手にとってみたり、にょろにょろ動くウナギを見て過ごした。帰りはシモンが殿《しんがり》になって梯子を上った。ベリンダがシモンのすぐ前を上っていった。ベリンダの足とくるぶしが、最初に目にしたとき以上に非の打ちどころのないのを、シモンは改めて思い知らされた。

ロバをねぐらのあるラムズゲートに向かわせるとき、またロバとのひと悶着があった。来るときに比べればロバもさほど苛立っていなかったので、宥《なだ》めすかして何とか背中に乗せられたが、といって油断はできない。シモンのロバは先刻の騒動がまだ気になっているのか、どこで脱走しようかと、しつこく機会をうかがっている様子がみえた。それを子供が先回りして気を変えさせていたが、これにはそれなりの経験やら心構えがあってのこと。他のロバの方はおとなしく言うことを聞いていたので、こちらはとくに心配しなくてよさそうだった。ホテルの玄関先に放り出されたシモンは、もちろん問題のロバを敬遠していた。この遠乗りでシモンの神経はだいぶ参っていたが、夕刻にラムズゲートのライブラリーで一同揃って落ち合う約束は、ベリンダのくるぶしといっしょに、しっかり脳裏に焼き付けていた。

保養地のライブラリーは本を置いているだけでなく、ダンスもできれば演奏もあるといったところで、保養客の社交センターになっている。ラムズゲートのライブラリーには小さなギフトショップもあった。

夕刻、ライブラリーは混み合っていた。いずれも前日に桟橋にいたり、この日の朝海岸にいたりしたご婦人方、紳士方だった。栗色のイブニングガウンを着て、ビロードのブレスレットをつけた若いレディーが、ギフトショップにある品物を見てはあれかこれかと思いを高ぶらせたり、ルーレットに張りついて、運任せの勝負を挑んでいた。

若いレディーはみな適齢期で、その母親は娘の相手を物色中といったところ。トランプをしたり、娘と連れ立って散歩をしたり、音楽に聞きほれたり、きわどい話を楽しんでいた。そして紳士の方はといえば、ひそひそとおセンチなことをささやいている色男がいれば、口ひげをしごいて猛々しい振る舞いに及んでいる者もいるといったところだった。

タッグス夫人は琥珀色、シャーロッタはスカイブルーのドレスを着込み、ウォーターズ大佐夫人はピンクでまとめ、大佐はモールのついたフロックコートを着ていた。一方、タッグス家の紳士をみると、シモンはパンプスをはいて金ぴかの飾りのついたチョッキという出《い》で立ちで、タッグス氏はブルーの上着にフリルつきのシャツという格好《かっこう》をしていた。

「三番と、八番、それに十一番！」と、栗色のガウンを着たレディーが叫んだ。

「三番と、八番、それに十一番！」と、同じガウン姿の、別のレディーがこだまのように繰り返した。

「三番はもう駄目だわ、八番と十一番よ！」と、初めのレディー。

「八番と十一番！」と、二番目のレディー。

「八番は駄目だわ、メアリー・アン」と、初めのレディー。

「十一番！」二番目のレディーが悲鳴をあげた。

「さあ、数字はこれで全部決まりですよ、皆さん、これでいいかしら」これは初めのレディー。三、八、十一の数字をもったレディーたちも、他の数字をもったレディーたちも、皆がテーブルの周りに群がった。

「さあママ、投げます?」と、司会役の女神が恰幅《かっぷく》のいいご婦人に向かって、彼女が連れてきている四人姉妹のいちばん歳のいった娘にダイスボックスを手渡しながら、確かめるように声をかけた。周りの見物客がしんと静まりかえった。

「お投げ、ジェーン」恰幅のいい婦人が姉娘にこういったのだが、いってしまってから思い直して、若い方の娘にささやいた。

「アメリア、姉さんの代わりにお前がお投げ」

きまりが悪くなったのだろう、キャンブリック地のハンカチで口元を隠しながらこういうと、隣に立っていた紳士に話しかけた。

「ジェーンはひどく内気で遠慮がちなんですのよ。だからといって、私、叱ったりしてはおりませんのよ。不器用で世間ずれしていない娘がいるなんて、ほんとに可愛らしいじゃありませんこと。私、アメリアが姉のジェーンのようだといいのにって、いつも思うんですのよ」

ポマードのローランド・マッカーサー・オイルの宣伝マンのようなテカテカ頭の紳士

が、頬ひげを撫でながら「まさにその通りですな」と、声をひそめて答えた。

「さあ、お投げ！」と、元気な母親。アメリアが投げた。姉に八、自分に十が出た。

「すごい数字だわ、アメリア」母親が、今度は自分の脇にいる細っこい青年にささやいた。

「綺麗ですね！」

「それにあの度胸ときたら！　おっしゃる通り、綺麗ですわ。ほんとに快活そのものでしょう、私、羨ましくなりますの。あのおとなしいジェーンがもすこしアメリアに似ていてくれたらいいのだけど」ジェーンの母親はそういうと、大きなため息をもらした。細っこい青年も心からの賛意を表明した。彼も、それに最初に話しかけられた紳士も、まったく同意という様子だった。

「あれはだれなんですか？」シモンが大佐夫人に訊《たず》ねた。

小柄な婦人が、見事に太った紳士に導かれてオーケストラ席に入っていくところだった。彼女はブルーのビロード帽に羽根飾りをつけ、紳士の方は黒のタイツに、くすんだベルリンウールを着込んでいた。

「ロンドン劇場のミセス・チピンですわ」コンサートのプログラムに目をやりながら

ベリンダが答えた。

ミセス・チピンは知る人ぞ知る高名な歌手だから、その姿を見てパチパチと拍手がそこここから送られ、「ブラボー!」と声がかかった。そうした歓迎の挨拶に少しもたじろぐことなく、いとも優雅に応えてから、ミスター・チピンのピアノの伴奏で流行《はや》りの『お話しさせて』を歌った。お次はミセス・チピンのピアノで、ミスター・チピンがコミカルな歌をご披露。やんやの喝采だったが、なんといっても、令嬢のミス・チピンがギターを弾き、それに合わせてチピン先生が「語り」をやったのが圧巻だった。

こうして夜がふけていき、タッグス一家とウォーターズ夫妻の毎日が、毎夜が、六週間もの間続いていった。朝の海岸、昼のロバ、午後の埠頭、夜のライブラリー、いつもどこでも、同じ顔ぶれだった。

ちょうど六週間目の夜、海は常になく穏やか、月が明るく輝いていた。不気味に高くそそり立っている断崖の足元で、小さな波が寄せてきてはパシャパシャと波音を立てていた。潮騒もこのくらいなら、子守唄にして年老いた魚でも心地よく眠れるだろう。寝つきのよい若い魚には、なくてもよい子守唄と思われるのだが——西側の断崖の端の方を目を凝らして見ると、海岸のベンチに坐っている二つの人影があった。

この二人がベンチに腰を下ろしてから二時間ほど、月は下界を照らしながらゆっくりと動いていたが、そうしている間、二人はベンチから離れなかった。散歩していた人たちもまばらになり、いつか消えていった。旅回りの楽士たちがガチャガチャやっていた騒ぎも静まりかえっていた。遠くに見える人家の窓明かりも、一つ二つと消えていき、沿岸警備の船がつぎつぎと現れて、ぽつんぽつんと点在する各自の持ち場に向かって針路をとっていた。そうなっても、二人の姿は動かなかった。

坐っている姿はほとんど影になっていたが、月明かりが濃い茶色のブーツと、テカテカした革の襟巻《えりまき》をくっきりと照らし出していた。だれあろうシモン・タッグスと大佐夫人のベリンダがベンチに坐っていたのだった。二人は言葉を交わさず、黙って海を見つめていた。

「明日、ウォルターが戻ってくるのよ」

沈黙を破って、ベリンダが悲しげにいった。

「ああ、なんと」

シモンがため息をついた。まるでグズベリーの藪を抜けて吹き出てくる、一陣の突風のような激しいため息だった。

「ねえ、シモン!」と、ベリンダは続ける。「この一週間のプラトニッククラブ。ほんとに清純に穏やかに幸せを味わったわ。もうこれで十分だわ、といえるほどに」

シモンは、いやいや十分なものですか、ぼくにはもっともっと、といおうとしたが、口籠るだけで、言葉にならなかった。

「幸せの光明がほのかに照らしてくれただけだけど、ほんとに清純そのものだったわ。でも、それももう永遠にお別れなの!」ベリンダが嘆いた。

「永遠だなんて、そんな悲しいことを」すっかり激してシモンが叫んだ。その青白い頰を、はっきりと二粒の涙が、一つまた一つと間をおいてつたわり落ちた。「永遠だなんて、そんな風にいわないでください」

「だめなのよ」ベリンダが応えた。

「なぜ? ああ、なぜなんです」と、シモン。「ぼくらのプラトニッククラブは、これはだれにも迷惑をかけないでしょう、あなたの夫だって、これには文句のつけようがないはず」

「その夫なのよ!」ベリンダが叫んだ。「あなたは知らないのよ。焼餅やきで、おまけにすぐ復讐するの。あの人の復讐ときたら凄まじいのよ、嫉妬に狂う様子ったら! 私の目の前で、あなたを暗殺しかねないわ」

シモンは心乱れた声で、だれの前だって、暗殺される破目になるのはいやですよ、と表明した。

「では、お別れだわ」大佐夫人はいった。「お別れだわ、今夜、永遠に。もう遅くなったわ、戻りましょう」

シモンは悲しげにベリンダに腕を出し、彼女の宿へと向かった。ドアまできてためらいがちに立ち止まった。その腕にプラトニックな力が加わるのを感じた。

「おやすみなさい」と、シモンがいったが、プラトニッククラブと暗殺のいずれかを思うと、尻込みする思いが強かった。

「おやすみなさい」レディーはすすり泣いた。シモンはたじろいだ。

「お入りになりますか、旦那様」と、使用人がいった。ミスター・シモン・タッグスは迷った。だが、何という迷いか！　彼は中に「入った」のだった。

「おやすみなさい！」居間に入ったとき、再度シモンがいった。

「おやすみなさい！」ベリンダが応えた。「そうなんだわ、わたくしの人生のひと時に、わたくしに……シーッ！」夫人は言葉を続けることなく、紛れもなく恐怖の眼差しでシモンの土気色した顔を見やった。表ドアをコツコツと叩くノックの音がして、下から大佐の声が聞こえてきた。

「夫だわ！」ベリンダがいった。

「それにうちの連中も」階段から浮かび上がってくるタッグス一族の声を聞いて、シモンが加えた。

「カーテン！　カーテンよ！」窓の方を指差しながら大佐夫人が喘いだ。窓には更紗のカーテンがぴたりと下りていた。

「でも、ぼくは何も悪いことをしていません」シモンはたじろぎながらいった。

「カーテンよ！」動転した夫人が何度も繰り返していった。「殺されちゃうわ」

この最後の訴えで、シモンの気持ちが決まった。肝を潰したシモンはパントマイムで悲しみを表しながらカーテンの後ろに身をひそめた。

大佐と、タッグス夫妻、それに娘のシャーロッタが入ってきた。

「ベリンダ、スローター中尉だよ」と、大佐がいった。耳で名前を聞くだけならばただの「スローター」だが、言葉の意味は「畜殺」ではないか！　大佐夫人に挨拶をしようと、スパイクを打ったブーツが歩み出る音と、畜殺中尉のだみ声がシモンに聞こえてきた。中尉がテーブルを前に坐ると、サーベルが床の上でガチャガチャと大きな音を立てた。シモンは恐怖でもう卒倒寸前だった。

「ブランデーを頼むよ」と、大佐。このまま朝まで飲み明かそうという勢いだった。一方シモンはカーテンに隠れて、息をするのも憚《はばか》られる状態だった。

「スローター、葉巻はどうだね」大佐がいった。

ところでシモンは、タバコの煙を嗅ぐだけで、すぐさまその場を離れなければならぬという体質で、煙を吸おうものなら咳き込んで大騒ぎになるのは必定《ひつじょう》。

葉巻が出された。大佐は葉巻党で、もちろん中尉も大の葉巻好き。おまけにタッグス家の家長であるミスター・ジョセフ・タッグスも同好の士だった。部屋は小さく、ドアは閉まっていた。煙は盛大にもくもくと広がり、ついにはカーテンの裏へと進攻。シモンは鼻を押さえ、口をつぐみ、息を殺した。だが、そんなことで収まるはずがない、咳が出てしまった。

「いや、これはいかん。お嬢さんは葉巻がお嫌いでしたか?」と、大佐がいった。

「ええ、好きじゃありません、ほんとに」と、シャーロッタ。

「咳が出るんですね」

「あら、そんなことは」

「今、咳をしたでしょう」

「私が？　まあ、どうして私が咳したなんて」

「じゃ、だれか他の人だな」と、大佐。

「きっとそうだと思うな」と、スローターがいった。違いますよ、違うよ、と全員が否定。

「おかしいな」と、大佐。

「違いない」スローターが相槌。

また葉巻の煙がもくもく。前にも増してもくもく渦巻くと、また咳が。押し殺した咳だったが、勢いの激しい咳だった。

「なんてこった！」大佐は中尉を睨《にら》みつけた。

「咳は一つでしたな！」と、家長のタッグスが無邪気に声をかけた。

スローター中尉は一座の面々を一人また一人としげしげと見つめた。そして自分の葉巻を置くと、つま先立ちで窓に寄って、右手を上げ、親指でカーテンの方を指差した。

「なんだい、スローター！」大佐はテーブルを立っていった。

中尉はカーテンを引いてそれに応えた。カーテンの後ろにシモンことミスター・サイモン・タッグスが姿を現した。すっかり怯えて蒼白になり、咳をしたくて真っ青といった状態だった。

「エッ！　こりゃなんだい、どうしたのかね。スローター、君のサーベルをくれたまえ」

「シモン！」と、タッグス一家はいっせいに叫んだ。

「お慈悲を！」と、ベリンダ。

「プラトニックです！」シモンが喘いでいった。

「サーベルをよこせ！」大佐が咆えた。「スローター、よこしたまえ。この悪党奴《め》、一刀両断だ！」

「人殺し！」タッグス一家の合唱。

「この人を押さえてください」シモンが弱々しく嘆願した。

「ウォーター！」タッグス氏がウォーターズ大佐を制してか水《ウォーター》を求めてか絶叫し、息子のシモンと婦人たちは卒倒して、ここに一幅の世にも稀な情景が描き出された。

六週間の付き合いがもたらしたロマンスの悲劇的な終末がどうなったか、ここで語る

カーテンの後ろにシモンことミスター・サイモン・タッグス
が姿を現した．すっかり怯えて蒼白になり……

のは忍びない気がするが、ともかくも、厄介な書類が作られ、好き勝手な条件が並べられて、この物語もロンドンブリッジの脇の小さな町からラムズゲートの海岸まできて幕を下ろすことになった。

スローター中尉が伝言をもたらし、大佐は行動に出た。タッグス家の家長が異議を唱え、中尉が交渉に当たった。

道ならぬ恋に陥り、とんだ大騒動を招いた末の神経障害からサイモンが立ち直ったときに知らされたのは、一家が楽しい知人を失ったこと、父親が一万五千ポンドのマイナスを出したこと、そして大佐がまさに同額のプラスを得たことだった。事態を鎮めるために金が支払われたのだが、それで世間の噂が抑えられるはずがなかった。ウォーターズ夫妻とスローター中尉の三人組のペテン師が、いかに策略に長《た》けていたとしても、ラムズゲートのタッグス一家のような初心《うぶ》で間抜けな連中に出会う機会など、もう二度と再びないだろうと、これはだれもが断言している。

（原題 The Tuggses at Ramsgate　初出、チャップマン・アンド・ホール社の新月刊誌『小説図書館』の創刊号に掲載された（一八三六年三月三十一日号）。ディケンズの最初の長篇読み物『ピクウィック・ペーパーズ』も、「連載読み切り第一回」が同日同社から出版された。挿絵画家ロバート・シーマーの描いた二枚の挿絵に物語を添えるという形でピクウィックは始まるが、すぐにディケンズが物語、挿絵の主導権をとるようになる。ディケンズが『小説図書館』に寄稿したのは他に『ボズのスケッチ　情景篇』に収められた『五月祭り』があり、これは一八三六年五月三十一日発行の同誌第三号に掲げられた。）

第五話　ホレイショー・スパーキンズの場合

「ねえあなた、この間のパーティーで、あの方うちのテレサをずいぶんと気にしていませんでしたこと?」と、ミセス・マルダートンが夫に向かっていった。この家の主人は毎日の金融の都シティーでの活躍でお疲れ、おでこには絹のハンカチをのせ、脚は暖炉のフェンダーにのせるという格好《かっこう》で、お好みのワインを飲んでいた。

「ずいぶんと、思《おぼ》し召《めし》があったようだから。ここで何でもいいから、もうひと押ししなければ。うちにお誘いして、ぜひともお食事をご一緒にというのはどうかしら?」

「ぜひともかい?」と、夫のマルダートンがきいた。

「あら、いけないかしら。どなたのことをいっているかお分かりですの。黒々とした口ひげに、真っ白なクラヴァットネクタイをつけた若い紳士で、この前の舞踏会に現れた方ですのよ。娘たちが何だかだあの人のこと噂していたのだけど、ああ、わたくしとしたことが。何でしたっけ、あの人の名前——ねえ、マリアンヌ、彼の名前何ていったかしら」

ミセス・マルダートンはそういって、可愛いきんちゃくに刺繍をしていた末娘に声をかけた。マリアンヌは物憂い様子をみせていた。

「ミスター・ホレイショー・スパーキンズよ、ママ」マリアンヌがため息交じりに答えた。

「ああ、そうだわ、たしかにホレイショー・スパーキンズでした。はっきりいって、これまでお目にかかってきた中でも、いちばん紳士らしい青年だったわ。たしか他の舞踏会では、すごくいい仕立てのコートを着ていて、まるで、まるで……」

「プリンス・レオポルドでしょう、ママ。すごく品が良くて、憂いに満ちた様子で！」

マリアンヌが助け舟を出したが、その声には熱烈なる敬慕の念が込められていた。

「ねえあなた。考えてもみてくださいよ。テレサはもう二十八ですのよ。ほんとに、どうにかしてあげなければいけない歳になっているんですからね」

姉娘のテレサはひどく小柄で、どちらかといえば太り気味。頬は朱を差したよう。いつも機嫌のいい娘さんだったが、未だに縁遠かった。といっても、その原因が彼女にあるわけではなかった。男心を惹きつけるよう、根気よく、傍目《はため》にもわかるほど、それなりに未婚女性らしく振る舞ってきていた。この十年間というもの、彼女はたっぷりと流し目も使ったし、扇子をパタパタさせてもきたのだった。

両親のマルダートン夫妻にしても、この中の上といった土地柄のキャンバーウエルで、適齢期にあると思われる独身紳士に縁ができないものかと、しつこくお付き合いを重ねてきていた。ここだけではない、近くのワンズワースやブリクトンにまで手を広げて、たまたま「そこに居合せた」という青年にまで望みを託してご縁ができないものかと努力してきたのだが、どうにも思うようにいかなかった。未婚娘を抱えたミセス・マルダートンの存在は、ロンドン目抜きのノーサンバーランド・ハウスにでんと据えられた、あのライオン像のように近在に知れわたったが、いつかはその名声も、あまり人目に曝《さら》されると姿を消すというライオンと同じに「舞台から去る」運命にあって、近ごろは話題にもならなくなっていた。

「きっと、彼のこと気に入ると思いますよ、あなた」ミセス・マルダートンは続けた。

「すごく紳士なんですからね」

「それに、とても聡明」と、これは妹娘のマリアンヌ。

「それに、言葉があふれるような流暢《りゅうちょう》な弁舌！」姉娘の小柄なテレサが加えた。

「あの方、あなたのことすごく尊敬しているんですよ」

こうミセス・マルダートンにいわれると、夫のマルダートン氏は咳をごほんとして、暖炉に目をやった。

「そうなのよ。パパのお付き合いに、すごく縁が近いところの人なのよ」マリアンヌがいった。

「それはもう疑う余地がないわ」テレサが保証した。

「そういえば、あの人わたくしにずいぶんと打ち解けていたけど……」マルダートン夫人が何やら思い出した。

「分かった、分かった」少々得意になってマルダートン氏が応えた。「明日のパーティーで彼に会ったら、ここにくるよう誘ってみよう。うちがキャンバーウエルのオーク・ロッジに住んでいるのを知っているかね」

「もちろん。それに自家用の四輪馬車を持っているのもご存知よ」

「いずれ分かることだな」マルダートン氏は眠気に襲われた様子をみせながら、繰り返した。「いずれ分かることだな」

マルダートン氏の日ごろの交際範囲は、保険のロイズや手形交換所、インドハウス、それに大英帝国銀行だった。いくつかの投機が成功したおかげで、それまでの無名で、どちらかといえば貧しい身分だったのが、裕福といわれる身分にまでのし上がってきた人物。こうした家族によくあることだが、自分たちの資産が増えるにつれて、主人の考えも家族の考えも、驚くようなピッチで上流志向になっていく。自分たちよりもいくらか上流の人々を真似《まね》て、流行を追い、好みを変え、なんだかだと無駄をするようになって、たまたま何かあって、それが自分たち「上流」の話でないと分かると顔色を変えて、そうした話は耳にするのも口に出すのも恐ろしい、といって気取っている。

見栄っ張りだから豪華な晩餐を調えて客を招くのが好きだが、氏素性は争えず、洗練された立ち居振る舞いができないでいる。いつまでも自惚《うぬぼ》れと偏見、粗野と無知から抜け出せないで、自分よりも下の方となら何とかぼろを出さずに付き合っているといったところ。万事が自分の理解できる範囲に収まり、家の中の隅々までが高級感にあふれていれば、人々が群がってきて、この上ない心地よい称賛の言葉が寄せられるはずだった。招待の席には「お利口な如才ない人」たちを――自分が確かにそうであると思える人たちを招いていた。そうした「お利口な如才ない人」と語り合って紳士としての満足を味わってはいたのだが、自分が「賢く鋭い人物」といっている人たちと長くお付き合いするのは苦手だった。おそらくは二人の息子たちへの遠慮があってのことと思われる。息子たちは、賢いとか鋭いなどという厄介な形容詞からはほど遠く、この点では両親をすっかり失望させていた、いや、安心させていた、というべきか。

一家はこぞって、自分たちの暮らしよりも上流の人たちの社交界に出入りして、お付き合いの幅を広めたり、何らかのつながりを得ようと、いつも機会をうかがっていた。したがって、自分たちの小さな社交範囲ではとうてい知り得ない世界に、一歩でも二歩でも近づくのが最大の課題で、位も肩書きも一段上の人たちと付き合えるとあれば、それがだれであろうと、このキャンバーウエルのオーク・ロッジに招いて晩餐を共にするのに支障があるはずはなかった。

舞踏会に現れたミスター・ホレイショー・スパーキンズは、常連のお歴々の間で少なからぬ好奇の目を惹きつけていた。いったい何者ぞ？　どうみても遠慮がちで思慮深く、貴族らしい物憂い様子ではないか。どこかの牧師さんかもしれない。とはいえ、格別にダンスが上手だった。法廷専門の弁護士のバリスターか？　招待されてきたとはいわなかったが、きわめて上品な言葉を使って、ずいぶんと沢山の話題を披瀝していたぞ。あるいは、もしかしたら外国の要人で、イングランドにやってきて国情やら風俗習慣をつぶさに調べる目的があるのかも。だから何度も公開の舞踏会やら晩餐会に現れては、上流の暮らし振りや洗練されたエチケット、それに英国的な格式に馴染《なじ》んでおこうとしているのではないだろうか。いや違う、あの人には外国人の訛《なま》りがないよ。医者か、雑誌の寄稿者か、あるいは流行《はや》りの小説の著者、それとも画家かもしれないぞ。否、否。そんなかんぐりは当たっていないよ。はっきりした根拠でノンといえるさ。

ああだこうだと、彼が何者であるかの揣摩《しま》臆測《おくそく》が湧き上ったが、一致していたのは彼が「然《しか》るべき人物」であることだった。「わしとしても、そうであるに違いないと思うね」と、マルダートン氏は心中ひそかに考えていた。「なんといっても、あの御仁《ごじん》は我々の身分をしっかりと理解しておるし、それ相応の敬意を払っているのだから」

さて、ちょうどこの物語の冒頭で述べた会話があった次の日が「舞踏会の宵」だった。九時かっきりにオーク・ロッジのお屋敷に二頭立ての貸し馬車が呼びつけられた。マルダートン姉妹が造花でふち飾りをしたブルーのサテンのドレスで乗りこみ、母親の小柄で太り気味のミセス・マルダートンも、同様の出《い》で立ちで現れた。まるで二人の娘の年を合わせた、最年長の娘ででもあるかのようにみえた。兄弟の兄のフレデリックは、しっかりと礼服を着込んでいて、格好のいいウエイターの見本のようだった。そして弟のトーマス。彼の出で立ちは白の襟巻《えりまき》にブルーのコート、ぴかぴか光るボタンに赤の時計リボンといった格好で、小説に出てくるあのしたたかな、それでいて魅力のある青年紳士のジョージ・バーンウエルの肖像もかくやと思える姿だった。

一行のだれもかれもが、ミスター・ホレイショー・スパーキンズとの交際を得ようと心に決めていた。姉のテレサはもちろん、これからお婿さんを迎える二十八のレディーだったらだれでもそうだろうが、精いっぱい愛想よく振る舞い、的を外すまいといった風情だった。母親の方もほほ笑みをたたえ、優雅、優美に振る舞っていた。妹のマリアンヌはいつものように教養ある紳士方におねだりして、自分の「白い本」に詩篇を書き込んでもらっていた。父親のマルダートン氏は「謎の人物」をオーク・ロッジに招いて晩餐を共にして、大いに自らの権勢を高めるつもりでいた。末の息子のトーマスは嗅ぎタバコとシガーで面白い話題がないかと、あちらこちら嗅ぎ回るのがお楽しみといったところ。

さらに兄のフレデリック。彼は趣味趣向から衣装はもちろん、流行物に関してはそれが何であれ、一家の権威で、市内に自分の住まいを構えていて、コヴェントガーデンの劇場にはフリーパス、いつもその月の流行を追ったファッションで身を固め、シーズンがくれば週に二回はボート遊びに精を出してるといった人物。自分の親しい友人が、以前ピカデリーにある高級マンションのオールバニーに住んでいた紳士と顔見知りだったということも、彼にとっては自慢の種だったが――さて、このフレデリックもホレイショー・スパーキンズがおそろしく上品な紳士であると認めていて、是が非でもビリアードでひと勝負したいものだと願っていた。

それぞれに狙いをもった一行が舞踏室に入るとき、その気がかりな視線をまっさきに捉えたのが話題の人ホレイショーの姿だった。髪の毛でひたいを覆って、目は天井にくぎ付け、ゆったりとくつろいだ格好で椅子に沈み、瞑想に耽っていた。

「あら、彼よ、あなた」ミセス・マルダートンが夫にささやいた。

「まるでバイロン卿のよう！」姉娘のテレサ。

「でなきゃ、モントゴメリーよ」同じく詩人の肖像を思い浮かべて妹のマリアがささやいた。

「キャプテン・クックの肖像だよ！」と、これは弟のトーマス。

「トーマス、ばかいうんじゃない！」折りあればいつもこの末の息子をたしなめている父親が口を挟んだ。この子が「鋭い頭」をもつようになるのを抑えているのだろう。頭脳鋭敏は不似合いなのだから。

スパーキンズは優雅な姿勢をくずさずに、一家が舞踏室に入ってくるのをみきわめていた。そしていかにも驚き、さも喜ばしげに立ち上がると、これ以上に表しようがないといった心のこもった態度でミセス・マルダートンに挨拶し、これまたきわめて魅惑的なマナーでお嬢様方にもご挨拶。さらにマルダートン氏には深々とお辞儀をし、握手をしたのだが、これまたどこからみても、これ以上の敬意を込めた挨拶はないといったものだった。二人の息子とは半ばくだけた、半ば見下した挨拶を交わした。自分が重要人物であり、しかも彼らの目上であるのをしっかりと理解させるのが、この難しい半々の挨拶のねらいだった。

型通りの挨拶がすむと、ホレイショーは小柄なテレサに向かって、できる限り深く腰を折ってお辞儀をしながらいった。

「ミス・マルダートン。わたくし奴《め》にしてかかるお許しをばいただけるものでありますならば、ぜひとも——次なる」

「決して、いいえ、あのたしか、そうですわ、ずいぶんと沢山の——」

テレサは、ここで舞い上がってはならぬ、と言い聞かせているような様子。

ホレイショーはいかにもいかにも残念といった表情。

「でも、お誘いいただいて、すごく幸せですわ」みかねてテレサは笑顔を作っていった。ホレイショーの表情はぱっと明るくなって、憂いのかげりが消し飛んでしまった。

「いかにもエレガントな若紳士だな、まったく!」

ちょうどカドリールが始まったところに、ホレイショーがうやうやしくパートナーの手をとって加わっていくのをみて、いかにも満足といった様子でマルダートン氏がいった。

「彼のスピーチは格別だと思いますよ」と、兄のフレデリック。

「そうですよ。彼は第一人者ですよ。まるで競《せ》り売《う》り人のように立て板に水」

弟のトーマスが口を挟んだ。競り売り人に例えるとは、またもうっかり発言だった。

「トーマス」と、父親が厳かにいった。「ばかもほどほどにせんか。さっきいったばかりじゃないか」

トーマスの様子は、小糠雨《こぬかあめ》降る朝にせっかく時《とき》をつくってみたものの、あまりさえない出来だったのでしょぼくれている雄鶏のよう。ともかくお役目を果たせたので、まずは幸せといった様子だった。

「いとも喜ばしきかな!」曲が終わったので部屋を横切って席に戻りながら、話題の人ホレイショーがパートナーにいった。

「ああ、なんと嬉しいことでしょう、なんとすばらしい寛《くつろ》ぎのひと時ではありませんか。暗雲立ち込める暴風の最中《もなか》からの生還、いやこの世の栄枯盛衰、人生の煩事から、たとえ一瞬の離脱であるとしても、このときを、つかの間に消えゆくこのときを、喜ばしくもかくも祝福を受けられたご一家と共に過ごせるとは。それがいかにすばらしいか、ああミス・テレサ、あなたにお分かりいただけるでしょうか。あなたが眉を顰《ひそ》めれば、それは死を、冷淡になされば狂気を呼びます。そこに偽りありとすれば、それは破滅を意味し、志操堅固であれば神の祝福が。そうでしょう、あなたが抱く愛の心こそ、天が人類にお与えになる至福の恵みであり輝きである、きっと、きっと、そうではありますまいか?」

「なんという気高い感情! なんとセンチメンタルなお言葉!」テレサはホレイショーの腕にいっそうと強くもたれて、こう思った。

「しかしもはや、かくなれば」と、エレガントなスパーキンズは芝居がかった様子で言葉をついだ。「一体何を申したのでしょう、わたくしが申したのは、ただただ感情の流れを、そうなんです！　ミス・マルダートン、わたくしは、ぼくは……」ここでホレイショーは少々息をついだ。「いかがでしょうか、些細なお願いを申し上げるのは……」

「そうなの、ミスター・スパーキンズ」と、テレサは甘美な思いに乱れ乱れて頬を染めながら応えた。

「わたくし、お父様に聞いていただかなくては。わたくし決して、お父様のお許しがないと、自分からするなんて、これまで――」

「お父様も否やは――」

「おお、そうですわ。でも、ほんとに、ほんとに、父をご存知ではないんですから！」テレサは何も心配しなければならないわけもなかったが、この会話を三文《さんもん》小説にある情景のように少しロマンチックにもっていきたかった。

「大丈夫ですよ、ぼくがあなたにお願いしたのは、ニーガス酒を一杯どうですかという申し込みですから」

我らが愛らしきスパーキンズはちょっと驚いた様子でこう応えた。

「それっきり、なのですの？　すっかりどぎまぎしてしまったわ」気落ちしてテレサはひとり言。

「ああ、私どもにとりましては大変喜ばしいことでありまするが、キャンバーウェルのオーク・ロッジで晩餐をご一緒にいかがでしょうな。次なる日曜日の五時に、もしご都合がつくようであれば」

マルダートン氏は息子二人を従えてホレイショーと立話をしていたが、この夜の会話の締めくくりにこう申し出た。

ホレイショーは感謝の意を述べ、このマルダートン流の礼儀に適《かな》った招待を承知した。

「いや、白状しなければいかんのだが」と、父親のマルダートン氏は新しい知人に嗅ぎ煙草入れを差し出しながらいった。

「こうした舞踏会はどちらかといえば苦手でしてね、楽しさ半ば、といったところでしょうな。オーク・ロッジについては、問題なくご満足いただけるといってよいからして、年長の男性なんぞはだれも気にしないのであるからして」

「しかしてミスター・マルダートン、男性とは、そは何者であるか？」と、形而上学的、哲学的なホレイショーがいった。

「いかがですか、男性とは、そは何者であるか？」

「おっ！　正にその問題である。きわめて真実にして、かつ新鮮なる……」と、マルダートンが後を追った。

哲学者ホレイショーは続けた。

「我々は生きており、呼吸しております。諸々《もろもろ》の物欲、願望をもち、欲望あり食欲あり……これらについてはだれもが知るところでありますが」

「確かだね」と、兄のフレデリックが思慮深くうなずいた。

ここで形而上学者のホレイショーはひときわ声を高くした。

「よろしいか、我々は存在しているのでありますぞ。しかれども、我々は止《とど》まる、どこで、我らが知識の行きつくところで。どこで、我らが伎芸の頂点において。どこで、我らが生命の終焉のときに。これ以上、何を知ろうというのでしょうか？」

「何もなし」

フレデリックが応えた。こうした深遠な話題に応えることができるとしたら、彼フレデリックをおいて他にいるはずがなかった。トーマスは何か危ういことをしでかすところだったが、幸いにも彼の名誉は父親の怒りの眼差《まなざ》しに捉えられ、せっかくの意気込みもしぼんでしまい、悪さをしかけた子犬のように逃げ出してしまった。

一行が馬車で屋敷に帰ってきたとき、兄のフレデリックがいった。

「誓ってもいいが、ミスター・スパーキンズはすばらしい若者だね。驚くばかりの学問！　並外れた知識、それに見事な自己表現力！」

「きっと、だれか偉い方が変装しているんだわ。なんと魅惑的でロマンチックなのかしら」妹娘のマリアンヌがいった。

「彼は大声で見事に話したけど、ぼくには何をいっているのかさっぱりだった」トーマスがびくびくしながら評言を加えた。

「トーマス、お前はなにもわかっちゃいないな、もうお手上げだよ」

こういう父親のマルダートン氏は、すっかりミスター・ホレイショー・スパーキンズの雄弁で文明開化されていたのはいうまでもない。

「驚いたわ。今夜のトーマスはことのほかおばかさんなんだから」テレサがいった。

「ほんとにそうだよ」と、一同はテレサの見解に賛成して、声を合わせた。かわいそうなトーマスは目につかないように身を縮めて引き下がった。

この後、マルダートン夫妻は娘テレサの将来と、あれやこれやのお支度について長いこと話し合った。床についたテレサの方も考えることが山ほどあった。称号つきのお方と結婚するとなれば、今のお付き合いの範囲でも大威張りで振る舞えるようになるし、そうなるに決まっているし、それに身分を伏せた貴族、大夜会、オーストリッチの羽根飾り、婚礼の引き出物、そしてホレイショー・スパーキンズと、それからそれへと夢も広がった。

日曜の朝はさまざまな思惑でだれもが緊張していた。ホレイショーが果たして晩餐のご招待に応じて、オーク・ロッジにやってくるだろうか。くるとしたら、一体どんな乗り物でくるだろう。あの人は一頭立てのジック馬車をもっているのだろうか。それとも馬でパカパカとやってくるのかしら。ことによったら、乗合馬車がお好みなのかもしれない。母親と娘たちにはこれだけではない、いずれも無視できない問題がさまざまにあって、教会から帰ってきたあとのひと時を、際限なくああだこうだと話していた。

「はっきりいっておくが、とりわけ厄介なのはお前の、あの野蛮な弟が今夜の食事にのこのこやってくるかどうかだ」と、主人のマルダートンが夫人にいった。

「ミスター・ホレイショー・スパーキンズを迎えるに当たって、わしに考えがあって、例の事情通のフラムウエルにだけ声をかけて、他の者は呼んでいないんだが、あの男は遠慮がないからな。いいかね、お前の弟のことだよ。商人が同席するのはお客に失礼な話だ。今夜の客人は、もしかしたら、もしかすることになる人物なのだから、その前で、奴が自分の店のことをおしゃべりしないよう、お前からも釘をさしておかねば。商人が身内にいるという当家の不名誉を隠すような分別があればともかく、あいつは自分のおぞましい商売がとてつもなく好きときている。自分が何者であるか、得意になってまくしたてられては何もかもぶち壊しだからな」

話に出たミスター・ジェーコブ・バートンは大きな食料品店をやっていた。品性はといえばひどく品がなく、傍《はた》を思う気持ちなどひとかけらもなかった。自分の商売をこの上ない家業であると信じているだけでなく、自分から嬉々として公言していた。

「奴はあれで金儲けをしているわけだし、少しも身分を気にしていないんだからな」と、マルダートンは締めくくったが、ここで来客があった。

「やあ、フラムウエル、よくきてくれたな、ご機嫌はいかがかな」グリーンの眼鏡をかけた、小柄でせかせかした動きの男に、マルダートンが声をかけた。

「知らせを拝見しましたよ。それで参上したのですが」

「君は、もしかしたらミスター・スパーキンズっていう名前に覚えがないかね。だいたい君はだれでも知っているのできくんだが」

ミスター・フラムウエルは社交界でよく見かける、事情通で通っている紳士で、自分の知らぬ人物はないと自慢していた。マルダートン家にきて、各界のお歴々について何か話が交わされると、それこそ彼の出番で、訊《き》かれなくても数々のエピソードを披露したり、聞いた話は細大漏らさず地獄耳に収めていた。したがって少々でしゃばり過ぎてはいたが、自分の交際範囲を各界各種の人物に広げていくためなら、相手がだれでも熱心にお付き合いを求めていた。どちらかといえば括弧《かっこ》つきで大嘘をいうのが彼ならではのやりかたで、括弧つきの注釈を加えておけば、自分に確信がないのを匂わすことができるし、「自己中のおしゃべり」と思われずにすむと考えていた。

「いえ、いやいやそのような名前の人物は知りませんな」

フラムウエルは低い調子で、いかにももったいぶった様子で答えた。

「確かにその人物を知っているとは思いますが。彼、背が高い方ですかね？」

「中くらいだわ」テレサがいった。

「髪は黒くて？」フラムウエルは調子に乗って、少々目つきが大胆になってきた。

「そうですわ」テレサが熱を込めて応じた。

「鼻はどちらかといえば獅子鼻で？」

「いえ、筋の通ったローマン・ノーズですわ」

「いや、これはどうも。わたくしはローマン・ノーズといったつもりで、いや、失礼しました。で、この人物はエレガントな青年でしょう?」

「ええ、ほんとうに」

「見事なほど魅惑的なマナーで?」

「その通り! きっと知っているはずだ」と、家族全員が声を揃えていった。

「そうだとも、彼はひとかどの人物で、君は知っているはずだ」父親が得意満面で叫んだ。「で、一体どこのどなたなんだね」

「今あげた特徴からして」と、フラムウエルはさも思慮ありげに、ほとんどささやくように声をひそめていった。

「その人物はオーガスタス・フリッツ＝エドワード・フリッツ＝ジョン・フリッツ＝オズボーン殿下にきわめて似ておられますな。殿下はひじょうに才能のあるかたで、少々エキセントリックではありますが。何か理由があって、思うに、一時的に名前を変えておられるのかもしれませんな」

テレサの心臓は早鐘のよう。もしも彼がオーガスタス・フリッツ＝エドワード・フリッツ＝ジョン・フリッツ＝オズボーン殿下であったなら！　つやつやした訪問カードが二枚、白いサテンのリボンを添えて現れた。そこに一体どんな名前が優雅に刻み込まれているのかしら。

「オーガスタス・フリッツ＝エドワード・フリッツ＝ジョン・フリッツ＝オズボーン殿下！」

当ては外れた。

「五時五分前だぞ」マルダートン氏が時計をみながらいった。「我々をがっかりさせないよう、ただただ願うのみだな」

「あら！　彼だわ！」ドアをトントンとノックするのが聞こえると、テレサが叫んだ。皆は訪問客の到着を少しも疑っていないかのような表情を作った。だれかがくるのを特別に待ち望んでいるときの、どこでもみられるだんまりだった。

部屋のドアが開いて召使いが告げた。

「ミスター・バートンのお越しです」

「なんてこった！」と、マルダートンがつぶやいた。「やあ、いらっしゃい。ご機嫌はいかがですかな。何かいい話でも？」

「いやなに、とくにこれといって。心配なことはこれっぱかりも。嬢ちゃんも坊ちゃんも元気かね。ミスター・フラムウエルでしたな、いやいや、お目にかかれてどうも」食料品店主はいつものぶっきらぼうなやりかたで挨拶した。

「やや、ミスター・スパーキンズだ！」窓から表をみていたトーマスがいった。「すげえ黒馬だぞ！」

大きな黒馬に乗って見事な跳躍クルベットを演じながら、ドウドウパカパカとただ一人、アストリーの曲馬団のエキストラにでもなったような見事な馬術でホレイショーがお出ましになった。手綱を引いたり緩めたりして大奮闘だったが、お馬さんは嘶《いなな》き、鼻をならし、後ろ足で立ち上がったり蹴ったり、ゲートの数百ヤード先で進まなくなってしまい、スパーキンズはやむなく馬を下りて、黒馬をマルダートン家の馬丁の世話にゆだねることにした。

改まった挨拶、紹介が正式に交わされ、フラムウエルはグリーンの眼鏡の裏から、今こそ謎の人物をば、といった勢いでホレイショーをみていた。華麗にして勇敢なるホレイショーは口ではどうと語れない愛《いと》しのテレサを見つめた。

「彼が、そのオーガスタスなんとかという閣下かしら？」女主人はフラムウエルに手を貸してダイニング・ルームに向かうとき耳打ちした。
「ええ、いやその——確かにとはまだまだ」と、大権威が応えた。「確かにとは」
「じゃ、だれなんです?」
「しっ!」といって、フラムウェルはわけありげにうなずいた。いかにもかの御仁を
よく知ってはいるが、ゆゆしき理由がここに御座候《ござそうろう》、かくは重要なる秘密の開示を阻む
ものこれあり、といった様子を示していた。ややこしい極秘の用件で、ややこしい公務
の最中ではあったが面会したことのある大臣の、その中の一人ではなかったか——とい
ったのだが、これは括弧つきの確信で、安心できるものではなかった。
ミセス・マルダートンは嬉しくなってホレイショーに声をかけた。
「ミスター・スパーキンズ、どうぞレディーの間に。ジョンや、ミス・テレサとミ
ス・マリアンヌの間に椅子をおいておくれ」
いわれたジョンはいつもは部屋係半分、庭師半分といったお役目の男だが、スパーキ
ンズの目にとまろうと、白のネッカチーフを首に、靴も白いのをはいて、鏝《こて》を当てたり
ブラシをかけたりのめかしよう。お部屋係の従僕にみえた。
晩餐はすばらしかった。ホレイショーはテレサ嬢にもっぱらの関心を示し、マルダー

トンの他はだれもかれもが上機嫌になっていた。彼には義理の兄弟のバートンの癖がよく分かっていたので、余計なことをいわねばいいがと、はらはらしていた。居酒屋のボーイが納屋《なや》で首を括《くく》っていた、などのニュースでよく新聞記者が書くお定《きだ》まりの「その苦悶たるやいかほどであったか、ここに縷々《るる》述べることもなかろう。よろしき忖度《そんたく》のほどを」などといって、事件を聞いた近隣の人たちの悲痛な思いには触れずにいるが、マルダートンの悲痛、苦痛、苦悶は、まさにこの「よろしき忖度のほどを」で、痛切きわまるものだった。

「フラムウエル君、最近君の友人のトーマス・ノーランド卿にお目にかかったかね」

こういってマルダートンはホレイショーの方を横目でじっと見つめた。この偉大な人物の名を口にしたのだから、さてミスター・スパーキンズはどんな様子をみせるだろう。

「いやその――ごく最近ではないですが。一昨日ガッブルトン卿に会いましたよ」

「おおなんと。卿はお元気でしたかな?」お元気であるかどうか、それに至極関心があるといった調子でマルダートンがいった。あえて申すまでもないことだが、この瞬間までマルダートンはかの偉大な人物の存在などまったく知らなかった。

「いやその。ひじょうにお元気でしたよ。すこぶる、ひじょうに、まったく。あのお方はおっそろしくお偉い方ですね。シティーでお目にかかりましてね、だいぶ長いことおしゃべりをしましたよ。まったく卿とはごく親しい仲なので、できればいつまでもお話ししていたかったのですがね、その、大金持ちの銀行家のところへ行く途中だったので、それからその、国会議員のところに。わたくしとしてはむしろ、あえて申せば議員の方がごくごく親しい関係なので」

「いやあ、あんたがだれのことをいっているか分かっているよ。彼は大仕事を抱えているが」と、この家の主人が後をついだ。こういった以上は、フラムウエルがだれのことをいっているのか実際に分かっての上と思えるが、この先の詮索は危ないことになりそうなので止めておこう。

「仕事といえば」と、テーブルの真ん中にいたミスター・バートンが口を挟んだ。

「マルダートン、あんたが投機で最初に大儲けする前のことだが、あんたとよく付き合っていた紳士がね、この間のことだが、うちの店に訪ねてきてね。いうことにゃ――」

「バートン、ちょっとポテトをとってくれないかね」観察力の鋭いこの家の主人がバートンを遮った。蕾のうちに話を切り取っておかなければならない。

「いやまったく」義理の兄弟が話の腰を折ろうといっさい頓着なしに、食料品店主は続けた。「すごくへりくだった様子でいっていたが——」

「おい、頼むから」と、マルダートンはまた口を挟んだが、このエピソードがどう終わるか、それを知って恐れていたし、再び「うちの店」という言葉が飛び出てくるのを恐れてもいた。

「奴のいうには、こうなんだ」と、ポテトを回してからこの犯罪人は続けた。「彼がいうには、うちの商売がうまくいっているかどうか気になった、というんだよ。そこでいってやったよ、冗談めかしにな、わしは商売やってるのが分相応で、分相応を忘れてしゃなりしゃなりするのはご免だな、ってな。ハッハッハッ」

「ミスター・スパーキンズ、ワインはいかがですかな」心の乱れを表には出すまいと我慢しながら、この家の主人がいった。

「この上ない光栄でありますな」

「いや、お目にかかれて満足ですな」

「まことにありがたいことです」

「先夜のことだったか、あなたの話が……」主人がホレイショーに向かっていった。

この新しい知人の会話の才がいかほどであるか、それをじっくりと拝見したい思いと、食料品店主が語ろうとする話をことごとく消し飛ばしてしまいたいとの思いだった。

「我々はあの場で男性の本性について語っていたが、あなたの議論はきわめて心胆を寒からしめるものでしたな」

「そこでぼくは」と、フレデリックがいった。ホレイショーは優雅に声のする方に顔を向けた。

「お願いですわ、ミスター・スパーキンズ。女性に関するあなたのご意見を聞かせてくれませんか」ミセス・マルダートンが願い、若い娘たちが笑顔になった。

「男性は」と、ホレイショーが応えた。

「男性は、第二のエデンの園といわれる、輝かしく喜びに満ち満ちた花香る平原にあろうと、あるいは比べるものとてなきがごとき不毛の、万物これ萎《な》え果てたる、あえて申すなら陳腐これなき地にあろうと、男子もしその地にあらば、我らは自らをその地に余儀なく、それがたとえ今現在であろうとなかろうと、余儀なく生命を全《まっと》うしなければなりません。男性はいかなる環境にあっても、いかなる地にあっても、極寒に吹きすさぶ疾風のもとに身をかがめていようと、あるいはまた、太陽直下の光線にじりじりこの身を焦がし枯れ果てようと――男性は、女性なくしては、左様、女性なくしては――孤独を託《かこ》つのみなのです」

「わたくし、こんなご意見をお聞かせいただいて、とてもとても幸せですわ、ミスター・スパーキンズ」ミセス・マルダートンがいった。

「わたくしも、とっても」ミス・テレサがいった。ホレイショーがみると、麗しの若きレディーが頬を染めていた。

「ここで一番、わしの意見を」と、ミスター・バートン。

「いやもう分かっているよ、あんたの意見は。それにわたしはあんたの見解には賛同できないのでね」と、マルダートンはバートンに再びおしゃべりする機会を与えまいとの固い決意を込めていった。

「どういうことなのかね」食料品店主が驚いてきいた。

「残念だが、あんたとは意見が合わんのだよ、バートン」すこぶる強い語調でこの家の主人がいった。相手の占めている立場をはっきりと否定しているのだから、勢い語気も強くなるというもの。マルダートンはさらに言葉を続けた。

「きわめて野蛮な説であると思えるものには賛成できないのだよ」

「だが、わしがこれから述べる……」

「決して、わたしを説得できるものじゃないんだ。決して」確固不変の決意でマルダートンがいった。

「ぼくはですね」父親の攻撃を援護するつもりで、フレデリックがいった。「ぼくはミスター・スパーキンズの議論に全面的に賛成できないな」

「なんと!」ホレイショーがいった。さらにさらにすばらしい展開があるものと、女性一同が期待に胸震わせているのをみて、彼もまたさらにさらに形而上学的になり、論争的になっていた。「なんと! 我が議論の結果が効果を上げているのか、はたまた効果の前兆が論点でありしか。それが問題ですね」

「まさに要点をついている」と、フラムウエル。

「確かに」と、父親のマルダートン。

「なぜならば、影響が議論の結果であれば、しかして議論が影響に先立つものであるならば、あなたが間違っていることになります」と、ホレイショーが加えた。

「歴然としていますな」お追従《ついしょう》が取り柄のフラムウエルがいった。

「少なくとも、かの論点が公明正大であり、論理的に演繹《えんえき》せるものであると、わたくしは理解しておるのですが、何かそこで」ホレイショーは降りかかった異議を質《ただ》すかのような冷静沈着な調子でいった。

「その件は疑問の余地がないですな」と、フラムウエルが再び合いの手をいれた。「要点が整っておりますからね」

「なるほど、確かに要点ですね。その辺がさっきは分からなかったところだな」フレデリックがいった。

「いまでもおれにはその辺が分からないが」と、食料品店主は考えていた。「いずれにせよ、そうなんだろう、万々歳だ」

「何ともすばらしい、賢い方だね！」居間に退いたとき、ミセス・マルダートンは娘たちにささやいた。

「ほんと、ほんとに愛しい人だわ！」二人の娘たちが声を揃えた。「まるで演説家のよう。きっと人生の荒波を数々くぐり抜けていらっしゃるのだわ」

女性陣が退いたので、男たちだけが席に残った。しばらく無言が続いたが、この場で行われた議論の性質がきわめて深刻だったので、すっかり圧倒され、皆それぞれに厳粛な面持ちでいた。フラムウエルは、このミスター・ホレイショー・スパーキンズなる人物が何者であるかを探り出してやろうと心に決めて、最初に沈黙を破った。

「お伺いしますが」と、この傑出せる人物がいった。「きっと法律の方を勉強されたと思いますが。いいえ、わたくし自身一度は法曹界に身を託すことを考えたんですよ。わたくしは、あの立派な仕事にたずさわって頂上をきわめておられる何人かの人物に親しくさせていただいていますが……」

「いいえ」と、少し間をおいてからホレイショーが応えた。「正確には、ノンです」

「でも、長いこと勅撰弁護士のお仲間だったのではないですか？」フラムウエルが敬意をこめてきいた。

「ほとんど全生涯を」スパーキンズが答えた。

これでもう、フラムウエルには問題が何であるかがはっきりと解決されたも同然だった。この若い紳士はやがて「お召しにあずかる」人物であると、そう一人合点した。

「ぼくは法廷弁護士は嫌だな」トーマスがいった。初めて口をきいて、だれかこの見解に注目してくれる者はないかとテーブルを見まわしたが、だれも応えなかった。

「ぼくはかつらをつけるのが嫌だね」トーマスが別の見解を披露した。

「トーマス。つまらぬことをいうんではない」父親がたしなめた。「よくお聞き、いいかい、ここで耳にした話でお前自身を向上させねばな。いつまでもつまらぬ意見をいうものではない」

「はい、よく分かりました」不幸せなトーマスが応えた。トーマスはきっかり午後の五時十五分過ぎにビーフをもう一切れと頼んでから、そのまま口をきいていなかった。それがもう八時になっていた。

「いいかね、トーマス」お人よしの叔父がトーマスをみていった。「気にしなくていいぞ！　お前のことはわしが考えてやる。かつらなんかつけることはない。つけるとすればエプロンだよ」

マルダートン氏が激しく咳き込んだ。バートン叔父は続けた。「いいかい、何事も商売第一なんだからな――」

咳は十倍になって繰り返され、ついには苦しみのあまり、咳どころか、何をいうつもりだったか本人が忘れてしまうほどだった。

「ミスター・スパーキンズ」と、フラムウエルが話の先を引き受けた。「もしかしたらベッドフォード・スクエアにお住まいのミスター・デラフォンテーヌをご存知では？」

「名刺を交換しております。あの方とは、たしか、食事をご一緒しましたから」

少し頬を赤く染めて、ホレイショーがいった。なんら根拠のないことをいったのだから仕方がなかった。

「いやあ、それはすこぶるラッキーでしたね。あの偉大な人物の接待を受けておられたとは」深甚なる敬意を込めてフラムウエルが評した。

「さて何者であるかは分かりませんが」一同が居間に下がるとき、フラムウエルがごく内密にマルダートン氏にささやいた。

「とはいえ、確かなのは、彼が法律に関係していて、さらにひじょうに重要な人物であり、しかもひじょうに上流の人との関係をもっていることですな」

「疑いない、疑いない」マルダートン氏は繰り返して賛意を表した。

この後、これといったこともなく、だれもが楽しくときを過ごした。マルダートン氏はバートン氏が深い眠りに陥ったのを察して、それからはすっかり気が休まり、できるかぎり紳士然と愛想よく振る舞うようになった。

姉娘のテレサはスパーキンズの求めに応じて、『パリの秋』をなかなかの腕前で弾いていた。二人はフレデリックにも加わってもらい、グリー合唱曲や三重唱を何曲も際限なく歌いつづけた。二人には、自分たちの声がきれいにハモルのも嬉しい発見だった。

はっきりいうと、最初の出だしは三人が一緒に歌っていたが、ホレイショーの方は耳が少々不自由なことに加えて、まったく音符が読めないという状態だった。しかし至極楽しく一夜を過ごしたのだった。夜中の十二時近くになって、ホレイショーが例の元気満々の黒馬を引き出すよう家人に頼んだ。まだお早いではありませんか、今度はいつきてくださるの、お約束をいただかなきゃお帰ししませんわ、などのやりとりがあって、ついに黒馬がお役についた。この様子から、彼が次の日曜に再びマルダートン家訪問を約束したように思われた。

「ミスター・スパーキンズ。明日の夜、たくでパーティーがあるんですが、きっと予定に加えてくださいますね」といって、別れぎわ、ミセス・マルダートンがそれとなく返事を求めた。「主人が娘たちをパントマイムに連れていきますのよ」

ホレイショーは会釈して、夫人のいう「夜の部、四十八番のボックス席」を訪れ、その後のパーティーにも顔を出すと、明日の約束までせがまれてしまった。

「明日の朝はご自由になさってくださいな」テレサが甘えるような媚びをみせていった。「買い物やらなにやら、ママがいろんなところに私たちを連れていってくださるんですのよ。男性にはとても我慢できないお付き合いですものね」

ミスター・スパーキンズは再び会釈して、ご一緒できれば嬉しいのだが、あいにくと明日の午前は大事な用件があって、といった。フラムウエルはマルダートン氏の様子を窺《うかが》いみながら、「きっと法廷があるんだな」とつぶやいた。

翌日の正十二時に、オーク・ロッジの邸宅前に貸し馬車が回され、ミセス・マルダートンと娘たちが日のある間のご散策へと出かけた。友人の家でのカード遊びの約束があったので、まずは食事をしたり衣装を改めなければならなかったが、それがすむや、馬車に帽子のボール箱を積み込んでトテナムコート・ロードへと走らせた。ミセス・ジョーンズの店やスプラジンズとかスミスの店へ立ち寄って、あれやこれやの買い物。その後はボンド・ストリートにある婦人帽の専門店レッドメイネにいって、帽子のお直しや新しい注文であああだこうだとひと騒ぎをして、さて今度は――だれも耳にしたことのないような店へと。

娘たちは、ママがけちけちしてあっちがいい、こっちがいいというもんだからこんなに遠くにきてしまった、一体いつになったら行き着くのかしら、と母親にぶつぶついいながら馬車に乗っていたが、何といってもミスター・ホレイショー・スパーキンズが話題になって、彼を礼賛しながらロンドン巡りの退屈を紛らわせていた。とうとうリンネルを売っている薄汚れた店の前で馬車が止まった。生地や綿のクロスやシーツから、ロンドン中のレディーご用達《ようたし》とうたった各種大小の襟巻に靴とが、能書きをつけてショーウインドーに飾ってあった。ウインドーの隅には「肉眼ではまったく見えない」ぶよぶよした水生動物を七体だか七匹だかおいていて、特許の新型顕微鏡で覗けるようになっていたが、これにはわずか三ファージングの値がついていた。レディーの襟巻は一シリングに一ペニー半の値がついているのがいちばん安くて、その上は際限がないようだった。キッドの靴が、本物のフランス製で一足二ポンド九ペンス。いずれもお安くしていますと書いてあるグリーンのパラソルも並んでいたが、店主のいうには「どのお品も五パーセントのお値引き」といったサービスだった。

「まあ、ママ、とんでもないところに連れてきてくれたものね。私たちがここにいるのをミスター・ホレイショーがご覧になったら何とおっしゃるかしら!」姉娘のテレサがいった。

「ほんとにそうだわ!」妹娘のマリアンヌも姉の言葉をきいて急に恐ろしくなった。

「さあ皆様、どうぞお掛けくださいまし。まずは何をお求めで?」お買い物の儀式をつかさどる店主が、慇懃《いんぎん》この上ないといった様子で声をかけた。

「絹ものをみたいのだけど」と、ミセス・マルダートンが答えた。

「かしこまりました、奥様。さて、ミスター・スミスはどこかな？　ミスター・スミス、きてくださいな？」

「はい、只今」店の裏から返事が聞こえた。

「急いでくださいよ、ミスター・スミス」と、店主。「あんたにも困ったもんだ、いつだって、いてもらいたいときにいないんですからね」

ミスター・スミスは、手をつけていた用件のすべてを放り出して、カウンターをぴょんと飛び越え、新規ご到着あそばしたお客様の前に現れた。

ミセス・マルダートンがアッと叫んだ。ミス・テレサは妹に話があって身をかがめたところだったが、顔を上げて見つめた――目の前に、ホレイショー・スパーキンズがいた！


もうこれ以上、こまごまとこの場の顚末を物語るのは作家として忍びない。

神秘的で哲学的で、ロマンチックで形而上学的なホレイショー・スパーキンズが、三週間ほど社交界に出現してから突如として、いかがわしい「安売り店」の店員だか店主代理に早変わりしてしまった。愛しのテレサにとっては、シルク仕立てのブルーの礼服を身に着けた、足元まで寸分の隙のない若き侯爵であり、おしゃれ上手の詩人としか思えなかった理想の貴公子だったのに――ホレイショー様はきっとこうなさる、いやいやこうだろう、それともああかしらと、さまざまに夢に描いていたのだったが、もうその英姿をみることがなかった。

オーク・ロッジの話題の主が、思いがけないことから素性をばらしてしまったが、そのありさまを例えれば尻尾を巻いて逃げまどう犬ころのようで、堂々たるご退出とはいかなかった。

マルダートン一家の希望は、晩餐会に出されるレモン・アイスのように、ことの道理にしたがって、すべて消えうせてしまった。アルマックズ・ホールでの舞踏会も晩餐会も、今となっては北極点のようにはるか彼方の存在になってしまった。ミス・テレサは北西航路に旅出たキャプテン・クックの、いつとも知れぬお帰りを待つ妻女のようになってしまった。

この恐ろしい出来事があってから何年か過ぎた。グリーン豊かなキャンバーウェルの

カウンターをぴょんと飛び越え，新規ご到着あそばしたお客様の前に現れた．

庭先にデイジーが三度花をつけ、雀たちが三度、緑濃いキャンバーウエルの立ち木の間で春を歌って立ち騒いだが、依然としてマルダートン姉妹には春がこなかった。ミス・テレサの場合は以前よりもなおさらに絶望的だった。一方、あのお追従屋のフラムウエルはすこぶる評判が高く、今や絶好調といったところ。一家は相変わらずの貴族好みを捨て切れずにいて、ますます「身分」にこだわって、下の方には目もやらなかった。

(原題 Horatio Sparkins　初出、『マンスリー・マガジン』一八三四年二月号。)

第六話　黒いヴェールの婦人

一八〇〇年ももう終わろうという、ある冬の夜のことだった。近ごろ開業したばかりの若い開業医が、こぢんまりした居間でパチパチと燃えさかる暖炉を前にくつろいでいた。風が吹くとパタパタと音を立てて雨が窓を打ち、煙突の中でゴーゴーと気味の悪い音を立てていた。もしかしたら、一八〇〇年よりも二、三年は前だったかもしれない。

夜は湿って、寒かった。一日中ぬかるみや水たまりの中を歩いてきて、やっと部屋着に着替えスリッパを履いて、半ば眠り半ば目覚めているといった、なんともいえぬ心地よい気分で休んだところだった。その夢心地の中でさまざまなことが思い浮かんでは消えていった。

ひどい風だな、すごく寒いし、こうして家でぬくもっていないで、もしも外にいようものなら、ビューと一吹き、雨の奴がおれの顔に突き刺さったかもしれない。そういえばクリスマスにはいつものように郷里を訪れ、親しい友人たちとも会わなければ。みんな、喜んでくれるだろうな。それからローズ、どうやら患者を持つ身分になったといったら、彼女大喜びするだろうな。もっと患者が増えて、病人たちがぼくを当てにするようになって、そうしたら、ぼくらは数カ月もすれば結婚できるんだ。この淋しい炉辺も彼女と共に過ごすくつろぎの場になって、何もかもが元気の源になり努力の甲斐もあるというものだ。

いやいや肝心なのは、いつになったら患者さんが現れるかだ。もしかしたら天に格別の配剤あって、一人も患者がこないことだってあるじゃないか。こりゃたまらない。ローズのことを考えよう、ローズだ、ローズだ。彼女のやさしい快活な声が耳の中で響きだし、やわらかな可愛らしい手が肩にまわされ――いつしか眠り込んで、夢でローズと会っていた。

たしかに彼の肩に手がおかれたが、それはやわらかくも、可愛い小さな手でもなかった。太った丸顔の下男の肉付きのいい重い手だった。この男は、週一シリングの謝礼と食費持ちで、雑用やら薬局へのお使いをしてもらうために教区に世話してもらっていた。当座は薬局の使いもないし、これといった用事もなかったので、一日のほぼ十四時間という仕事のないときを、ペパーミント・ドロップをおしゃぶりしてエキスを抽出したり、動物質滋養分の摂取にこれ努め、あとは床につくだけといった、気軽なお勤めをしていた。

「ご婦人ですよ、ご婦人がきましたよ！」下男は主人をゆすって起こし、耳元にささやいた。

「ご婦人だって？」我らが友人は飛び起き、夢でみた幻影がまさかこの場に現れるとは思わなかったが、訪れてきたのがローズであったならとの期待があった。

「どんなご婦人だい？　どこにいる？」

「あそこですよ！」下男はそう答えると、診療室に通じるガラスのドアを指差した。思いがけないお客さんが現れれば、家の中は驚いたり喜んだりの騒ぎになるものだが、下男の様子はまさにそれだった。

医者はドアの方をみた。思ってもいなかった来訪者をみて、少々驚いた。きわだって背の高い婦人が喪服を着て、ガラスに顔がつくほどぴたりとドアに身を寄せて立っていた。上半身はわざわざ隠そうとでもするかのように、丁寧《ていねい》に黒いショールで覆われていた。顔は厚手の黒のヴェールに隠されていて、だれとも見分けがつかなかった。まっすぐ立っていて、その姿を足元までみることができた。ヴェールの下から、彼女の目が医者をじっと捉えているのが分かった。まったく身動きもしないでこうして立っていれば、いつかはお医者様が自分に気がついてくれるはず、そんな様子だった。

「どこかお悪いのですか？」

気が進まなかったがドアを開け、こう訊《たず》ねた。内側に開くドアだったので、こうして向き合っても相手の姿勢に変わりはなかった。同じところに、身動きもしないで立っていた。彼女はわずかに頭をかがめて、よろしいでしょうか、とでもいうような仕草をみせた。

「どうぞお入りなさい」医者がいった。

彼女は一歩部屋に入ると、下男の方に顔を向けてたじろぐ様子をみせた。これには彼の方が仰天したのだったが。

「トム、お下がりなさい」青年医師が男にいった。このちょっとしたやり取りをみている間に、下男の大きな目がまん丸に開かれていた。「カーテンを引いて、ドアを閉めなさい」

下男はグリーンのカーテンを引いて、ガラス越しに中が見えないようにしてから診療室に退いて、ぴたりとドアを閉めた。このまま引き下がるわけではない。すぐさま大きな目を鍵穴にあてがって、ことの次第を覗《のぞ》くことにした。

医者は暖炉に椅子を引き寄せ、来訪者に坐るよう促した。得体のしれない婦人はゆっくりと椅子に向かった。暖炉の炎が彼女の黒のワンピースを照らしだし、医者の目に裾の方が泥まみれに濡れているのが映った。

「ずいぶん濡れていますね」と、医者が声をかけた。

「ほんとに」唸るような低い声で来訪者が応えた。

「で、どこがお悪いんですか？」声の様子からてっきり本人の具合が悪いものと思って、やさしく医者が言葉を添えた。

「そうなんです。ひどく悪いんです。身体ではなくて、心の方が」そういって、婦人はさらに続けた。

「でもこちらに伺ったのは、私のことでもなく、私のためでもないんです。身体の具合が悪いのでしたら、こんな時間に、こんな雨風のひどい夜に、一人で外に出るなんてけっしてしませんわ。もし身体が悪いのでしたら、丸一日じっと臥《ふ》せっていて、きっとお迎えを待っていますわ。ほんとうに、そうであったなら、どんなにか嬉しいことでしょう。でも、そうではないのです。あなた様にお願いするのは他の者なのです。あの者のためにお願いにくるなんて、どうかしているのかもしれません。たしかに気が狂っているのかもしれません。でも、いく夜もいく夜も、今か今かと思っては泣きながら、長い間侘《わび》しくときを過ごしてきましたが、お伺いしてみようという思いは少しも消えなかったのです。あの者を他人《ひと》さまのお力で救けられるなどと願うのが無駄なことだと思っても、何もしないでこのままお墓の中に葬るとしたら、ああ、そう考えただけでも身体が凍りつくような気がするんです」こういうと、婦人の身体を身震いが走った。そうしようとしてできる身震いではなかった。若い医者にもはっきり分かる、身の内から震えている激しい身震いだった。

この婦人の様子にやり切れない思いがありありとみえて、その思いの丈《たけ》が若い医者の心を打った。彼はこの職業に日が浅かった。経験のある医者だったら目の前で毎日のようにみせられている愁嘆場を、彼はさほど目撃しているわけではなかった。人の苦しみを目の前にみて冷静でいられるほど大人になっていなかった。

「もし、あなたがいわれるお人が」といって、彼は急いで立ち上がった。「あなたがいわれるほど望みがない状態でしたら、猶予はなりません。すぐご一緒に参りましょう。

どうして今までお医者さんにかからなかったのですか？」

「なぜって、以前はその必要がなかったのです、それに今も、その必要がないのです」

両の手を強く握り締めながら、婦人が答えた。

医者は驚いて黒いヴェールをみた。その陰にいったいどんな表情があるのだろう。しかしヴェールは濃く、彼には婦人の涙も口元も窺《うかが》い知ることができなかった。

「あなたが病気なんですね。あなたが」と、医者は静かにいった。

「ご自分では分かっておられないけど。熱があるのに、それと気付かずにこれまで我慢してきたんですね。ずいぶんとお疲れになって。その熱が今あなたの身内でかっかと燃えているのですよ。さあどうぞ唇を湿してください」

そういって医者はグラスに水を注いで差し出した。

「しばらく気を静めてください。落ち着いたら、できるだけ冷静に、病気の患者の様子を話してください。いつ頃からその人が床についているのか、聞かせてください。何が必要であるか分かりますから、そうしたら、今からでもご一緒に出向いて、その人を診察できるのですから」

婦人はグラスを手にとって口元に運んだが、ヴェールは被ったまま、一口も水を飲まずグラスを元に戻すと、激しく涙に暮れた。

「分かっていますわ」咽《むせ》びながら話し始めた。「ここであなた様に申し上げることは、きっと熱に浮かされたたわ言のようにお思いになるでしょう。以前、そういわれたことがあります。あなた様ほどやさしい方ではありませんでしたが。私は若い娘ではありません。よく申しますわ、いつしか生命《いのち》が全《まっと》うされて、もう最期だというとき、そのつかの間の、残り火のような、傍《はた》の者にはもう何の意味もないときでしょうが、最期を迎えた者にとっては、その短い一刻《とき》がそれまで過ごしてきた人生のすべてよりも尊いものですわ。ずっと以前に亡くなった親しい人たちの思い出も、幼い者たち、子供たちでしょうね、その子供たちの思い出も、あの短い一刻にどっと結びついてくるのですわ。その幼い者たちもいつか遠いところへいってしまい、あの人のことなどすっかり忘れてしまうのです。まるで自分が死んでしまったように。そうですわ、死ねば思い出すことなどないんですもの。

「神様がくださった私の寿命も、そう長くはないと思います。それだからなおさら、大切にと思っています。でも、喜んで、そうですわ、機嫌よく、ため息ひとつ漏らさず、この生命を捧げます。これから申し上げるのが偽りであったり、ただの思いつきであったなら。

「今申し上げる者は明日の朝、ああ、そうじゃなければいいと思っているのですが、でも分かっています、本当なんです、明日の朝、彼は人の力ではどうしようもないところへいってしまうのです。でも今夜はまだ、死の淵に立っていて。ああ、でもあなた様は彼に会えないし、診《み》てやるわけにいかないのです」

「あなたが今話されたことに、私が何か役に立つことでもいえたら」しばらく間をおいてから医者がいった。

「あなたの苦しみをいくらかでも和《やわ》らげて差し上げたいのですが。あなたが隠そう隠そうとしていることを、すっかり明かしていただけたらよいのでしょうが。お話の中に、私にはとうてい解決できない矛盾がありますね。ある人物が今夜死んでいく。そして私がお役に立つかもしれないというのに、その人に会えない。しかも明日では手遅れだといわれる。しかもですよ、その明日に、彼を診てやってくれというんでしょう。もしも彼があなたにとってとても大事な人だというなら、あなたの言葉や様子からそう察するのですが、大事な人であるなら、なぜすぐさま救けてやろうとしないのですか？　病状が悪くなって手のつけようがなくなる前に、なんとかしてやりたいと思わないのですか？」

「ああ、神様！」さらに激しく涙に咽《むせ》んで、ヴェールの婦人は叫んだ。「私自身にも信じられないのですもの、他人《ひと》様に信じていただけるはずはございませんわ。あなた様に彼を診てくださるようお願いしても、やはり駄目ですね」婦人はそういうと、すぐさま立ち上がった。

「その人を診るのが嫌だとはいっていません」医者は応えた。「でも、申し上げておきますが、こんな風に要領を得ぬままぐずぐずしていると、その患者が亡くなったとき、恐ろしいことですが、何もかもあなたの責任になりますよ。尋常なことではないのですから」

「責任？　責任なら、どこか他のところにありますわ」と、婦人は激した口調でいった。「私は、どんな責任であっても、私でしたら喜んで、いつでもその責めを負いますわ」

「私には何も保証はできませんが」と、医者は続けた。「お望み通り、明朝彼を診ましょう。それでよいのでしたら、住所を教えてください。で、何時にその患者を診てあげればいいのですか？」

「九時です」黒いヴェールの婦人が答えた。

「もうひとつ伺いたいのですが」と、医者がいった。「彼は今、あなたの世話になっているのですか?」

「いいえ、私のところではありません」これが答えだった。

「では、これから何か彼のために処方をしたとしても、あなたは何もしてやれないのですね」

婦人は苦しげにもだえながら、「何もしてやれません」と答えた。

婦人にもっといろいろと話しかけて、もう少し詳しい様子が聞けるものなら、そして話し合えば、この人の気持ちもいくらか紛れるのではないかと思ったのだが、もはやその見込みはなさそうだった。初めのうちは彼女の気持ちを和らげようと努力して、いくらかは効果があったのだが、その苦しみは今はもう抑えようがなく、脇でみている方が苦しくなるほどだった。医者は翌朝いわれた時間に患者を訪れる約束を繰り返した。来訪者は所書きがウオルワースの裏町であると医者に教えると、訪れてきたときと同じように、薄気味悪い様子で去っていった。

この訪問があまりにも異常だったので、若い医者の心につよく印象に残ったのは当然で、婦人の話したことや患者との関係など、いったいどうなっているのだろうか、何をしてやれるのだろうか。彼はすっかり考え込んでしまった。

自分の死をある日のある時刻と、正確に虫の知らせで知ったという話を、よくある話として噂にきいたり、本で読んだりしていたが、今度の件も、そうしたことかと一瞬思ってもみた。しかし彼がこれまできいていたのは、自分の死の前兆があって驚き騒ぐ人たちの話だった。

だが、黒いヴェールの婦人は自分ではなく他人の話、それも男のことを話していた。一人の男に死が訪れる、その死がいつ、何時に訪れるかもはっきり分かっているなどという恐ろしい話を、ただ夢をみたから、いや妄想を抱いたから話すとは、とうてい考えられなかった。おそらくその男は朝のうちに殺されることになっているのだろう。あの婦人は初めから委細を承知していて、何か誓いでも立てていて沈黙を守っていたのだが、あまりにも哀れに思ってここにきたのではないだろうか。犠牲者に下される死の宣告を、その執行を止めるのは無理としても、もし殺害された直後に医者がいて、その手当てが間に合えば、死に至らずにすむのではないか、やってみよう、頼んでみよう、そう決意したのではないだろうか。

この首都のロンドンの中心から二マイルほどの離れたところで、こうして人の死が考えられているとしたら、あまりにも野蛮な話だし、ばかげた話だ。そんな例はこれまで聞いたこともないではないか。初めこの婦人は理性を失っていると思ったが、この最初の印象が正しいように思えてくる。この難題を解きほぐすのに、いくらかまともで、満足のいく考えがあるとすれば――医者は迷わず、彼女が正気を失っていると思うことにした。

そう考えたにしても、いくつかの疑点が次から次へと浮かんできた。眠られぬ、重苦しい長い夜になった。何度も何度も疑問が浮かんでは消えていった。他のことを考えようとしても、医者の混乱した脳裏から黒いヴェールが消えてしまうわけではなかった。

ウオルワースの裏町は町からかなり離れていて、当時はとくにそうだったが、ひどく貧しい人々が寄り集まった悲惨なところだった。陰気で荒れ放題の地域だったが、三十五年前に開発が進み、今はその大部分が以前よりも少しましになっていた。当時は問題のある人たちがあちこちに散らばっていて、あまりにも貧しいために、それよりもいくらかましな暮らしをしている人々の中に交わるのも自ずと憚《はばか》られて、稼ぎも暮らし方も勝手放題、すっかり孤立していた。

通りの両側に建てられている家々のほとんども数年前にはなかった。大部分の家があちらこちらとばらばらに点在していて、お粗末で、惨めとしかいいようのないところだった。この朝、若い医者が歩いた町の様子には、彼の気持ちを引き立てるようなものは何もなかった。このとき自分がやろうとしている異常な往診を思うと、気がかりでもあり気が重くもなるのだったが、そうした気分を払拭してくれるものは、何一つなかった。

道は大通りからそれて、沼地の共有地を跨いでくねくねと続いた。そこここに荒れ果てた空き家があったが、長いこと放っておいたためだろう、すっかり朽ち果てて崩れていた。前夜の激しい雨で、小さく身を縮めていた木がゆっくりと身を起こし、道を流れていた水がよどみになって、ときおり通りを塞いでいた。貧弱な野菜畑が点在していた。かつてはだれかの庭園であったのだろうが、その東屋《あずまや》だった小屋には腐った何枚かの板切れが打ちつけられていて、近所の垣根から失敬してきたと思える棒くいで、柵らしい囲いが作られていた。一目で、ここの住民たちの貧しさがどれほどひどいものか見てとれたし、自分のために他人の土地を勝手に使っていることに、彼らがいくらか良心の責めを感じているらしいことも読みとれた。

薄汚い家のドアを開けて、汚れかえった女が鍋やフライパンを手にして現れ、食事の残り物を家の前のどぶにぶちまけていた。小さな女の子が子守をいいつかったのだろう、自分と同じような大きさの、土気色をした赤ん坊を背負ってよたよたと外に出てきて、その後ろから大声で母親が罵《ののし》っている声が聞こえた。通りに動きがあるといっても、この程度のことで、辺《あた》りを覆うしめっぽい霧の中で影絵のように見え隠れしていた。若い医者がたどる道筋はどこまでも、こうしたうら寂しい陰うつな町の中だった。

医者はぬかるみに足をとられ、すべってよろけては息をつぎ、何度も所書きの家をたずねながら歩いた。きくたびに、正反対の方向を教えたり、いいかげんな見当で答えたり、いつも違った返事が返ってきた。どうにかこうにか、所書きに示されている目的の家の前にたどりついた。

二階建ての小さな家だった。ここまで歩いてきた道筋に見たどの家よりもみすぼらしく、手入れのしようもないような建物だった。二階の窓にはぴったりと古ぼけた黄色のカーテンが引かれていた。居間のよろい戸も閉ざされていたが、留め金は下ろしていなかった。他の家から離れてぽつんと路地の角に建っていて、みたところ他に住んでいる者はいないようだった。

医者はためらい、家の前を何度か行き来したが、ついに勇を鼓《こ》してノッカーに手を伸ばした。ここで、土地柄をご存知の読者であれば「よくぞやったね」と喝采をするかもしれない。それほどに、気味の悪い家だった。

ロンドンの当時の警察は、今とまったく違っていた。建設促進、改革促進を求める動きも、まだ都市やその周辺部の主要組織と結びつく動きにはなっていなかった。郊外の孤立した、とくに彼が訪れたウオルワース一帯は、堕落した極悪人たちが息をひそめる天国といえた。ロンドンでいちばん賑やかな町にしても、当時は街灯が点々と灯っている程度で、郊外では夜道は月と星を頼りにするしかなかった。死に物狂いの犯罪者を捜査したり、追跡したりするといっても、ここではまったくのお手上げだった。ウオルワースに潜り込めば比較的安全であることが毎日の経験からわかってきて、市中で犯す犯罪も当然ながらいっそうと大胆になっていた。この若い医者がこうした恐ろしいところに入ってこられたのをみると、おそらく彼は、ロンドンの陰惨な公立病院で働いていたか、あるいは入院でもしていたに違いない。そうでなければ、とうてい近寄れるような場所ではなかった。人を殺して、その死体を解剖用に売り飛ばしたバークも、墓を暴《あば》いて葬ったばかりの遺体を掘り出しては売りさばいていたビショップも、当時はまだその悪名をうたわれてはいなかったが、この裏町をつぶさにみてきた医者には、バークがその後ロンドンで名をあげたような残虐非道の行為が、いかに容易に行われたか察しがついたことだろう。

どのような思いが彼を躊躇《ちゅうちょ》させたのか、それはともかくとして、彼は事実、家の前まできてたじろいだ。しかし意志が強く、人一倍勇気のある青年だったので、それもほんの一時だった。きびすを返し、その家のドアを静かにノックした。

すると、家の中で何やら低い声で話しているのが聞こえた。廊下の隅にだれか人がいて、階段の踊り場にいるもう一人の者と声をひそめて話しているようだった。そして、敷物のない床の上を歩く重いブーツの音がした。ドアのチェーンがゆっくりと外され、ドアが開いた。背の高い、黒髪の醜悪な顔つきの男が姿をみせた。その顔は青白く、げっそりと頰がこけていた。後になって医者は、この男の顔を思い出しては、あれはまるで死人の顔だった、と語っていた。

「どうぞ、お入りになって」男が低い声でいった。

医者は中に入った。男はドアにチェーンをかけてから、廊下の突き当たりにある小さな部屋に医者を案内した。

「私は、間に合ったのかな？」

「十分間に合いました！」と、男が応えた。医者は周囲を見まわして、思わず知らず身体をそらせて、アッと驚きの声をあげてしまった。

「どうぞ、こちらに入ってください」男がいった。あきらかに医者の様子に気付いていた。「どうぞ、こちらに入ってくださいい、五分ほど待っていただければ、五分ほど」医者はいわれてすぐさま部屋に入った。男はドアを閉め、医者を一人にした。寒々とした部屋で、家具は松材の椅子が二脚、それに同じ松のテーブルがあるだけだった。火格子のない暖炉で、一掴《つか》みほどの火が燃えていた。ぐすぐすと燻っていて、部屋を暖めるどころかかえって湿気を呼んでいて、壁にはナメクジが這ったような筋が長々と描かれていた。窓は方々傷んでいて、継《つ》ぎ接《は》ぎだらけだった。その窓から外をみると、一面に雨水が残っている、小さな内庭が見えた。家の中からも外からも、物音ひとつ聞こえなかった。

若い医者は炉辺に腰を下ろし、初めての往診がどうなるものか待つことにした。さして待つ間もなく、馬車が近づいてくる音がした。音が止まった。馬車の扉が開かれた。小声でささやく声がして、何か引きずるような音がした。その音は廊下から階段へと続いた。男たちが二、三人で、何か重いものを上の階に運んでいるような様子だった。それからすぐ後、階段がきしんで、何をしたのかわからなかったが、ともかく仕事を終えたのだろう、男たちが去っていくのが分かった。

再びドアが閉められ、以前の沈黙が戻ってきた。さらに五分たった。医者は自分がここに往診できていることをだれかに告げようと思い、部屋から出て家の中を見てみようとしたが、そのときドアが開かれ、前夜の訪問者が、まったく同じ服を着て、ヴェールを深く被ったままで現れ、医者に部屋を出るよう促した。その姿は異常に背が高かった。口をきいていないので、一瞬医者の脳裏に、この訪問者が女を装った男ではないか、という考えが横切った。しかし、ヴェールの陰でヒステリックにすすり泣く声が聞こえてきた。見ると、全身が悲痛のあまり痙攣《けいれん》していた。その姿は、男であろうはずはなかった。医者は急いで彼女に従った。

婦人は二階の、通りに面した部屋に医者を導き、ドアのところで立ち止まると、先に彼に入るよう促した。古びた木箱に椅子がいくつか、それにむき出しのマットをのせたベッドがあった。マットには継《つ》ぎが当てられ、ベッドには仕切りのカーテンを張るレールがついていなかった。他に家具らしいものは何ひとつない、みすぼらしい部屋だった。医者が家の外でみた黄色いカーテンを通して、ほのかに光が差しているだけだったので、置いてある物が、何もかもぼんやりと一色《ひといろ》に見えた。婦人が彼を押しのけて、ベッドの脇に激しく身を投げだしひざまずいたとき、そこに何があるのか、彼にはわからなかった。部屋に入ったとき、そこに真っ先に目をやったのだったが、部屋の明るさにまだ目がなれていなかった。目を凝らしてよく見ると、ベッドの上には、リンネルでしっかりと包まれ、毛布をかけ合わせた人間のような形をしたものが、こわばって、ぴくりとも動かずに横たわっていた。男のそれと分かる頭と顔があった。頭からあごにかけて包帯が巻かれていた。目は閉じていた。左手がだらんとベッドから垂れていた。婦人がこの力ない手を摑《つか》んだ。

医者は婦人を静かに脇にやって、男の手を手にとった。

「ああ、神よ！」思わず男の手を離して、医者が叫んだ。「この人は死んでいます！」

婦人ははっと立ち上がり、両の手をはたと打った。

「いや、いやです、そんなことをいわないでください」激情に襲われ、ひどく興奮して叫んだ。「いやです、そんなことをいわないでください。聞きたくありません、耐えられません。以前あったと、話に聞いています。お医者様が、いいかげんな腕のお医者様だったのでしょうが、病人を見てもう亡くなったと見放してしまったのですが、でも、その人が生き返ったことがありました。人が死んでも、もし急場の手当てがよければ、その人が生き返るかもしれないのです。彼をこのままここに寝かせておかないでください、どうぞ、何か手当てをして救けてください！　こうしている間にも、生命がだんだんと遠くへ行ってしまいます。お願いです、ああ神様！」

　こういいながら、彼女は目の前に横たわってぴくりともしない身体の、初めは額を、それから胸を叩いたり擦《さす》ったりした。ついで、それまで手にとって温めていた腕を激しく叩くのだった。男の腕はベッドカバーに力なくだらんと下がっていた。

「もう手遅れです、奥さん」医者は男の胸においていた手を引きながら、婦人に宥《なだ》めるようにいった。「処置なしです――さあ、カーテンを開けましょう！」

「なぜですの？」立ち上がって、婦人がいった。

「カーテンを開けましょう！」いらいらした語調で医者が繰り返した。

「わけがあって部屋を暗くしていたんです」そういって彼女は、カーテンを開けようと立ち上がった医者を止めた。「ああ、どうぞお願いですから！　もう手遅れでしたら、彼がほんとうに死んでいるのでしたら、この身体を他の人に見てほしくないのです。私だけが見てやればいいんです！」

「この人の死は、自然な、安らかな死に方ではないのです」と、医者がいった。「私は病人でなく、死体を診なければならないのです！」

そういうと、医者は彼女の脇からさっとすばやい動作で抜け出し、カーテンを引き裂くようにして開いた。婦人は何もできなかった。日の光で、部屋中が明るくなった。医者はベッドに戻った。

「ここに暴行の跡があります」男の顔をしっかりと見据えながら、医者がいった。

婦人の顔から黒いヴェールが、今初めて取り除かれた。今しがた逆上したとき、婦人はボンネットもヴェールもかなぐり捨てていた。立ち上がり、その目は医者に注がれた。容姿は五十歳くらい、若いときはさぞや綺麗だったろうと思える顔立ちだった。姿にも顔にも、悲しみと涙の痕跡が刻まれていた。それは人が歳をとったからできるといった刻印ではなかった。彼女の顔は恐ろしいばかりに青白く、唇はゆがみ、ぶるぶると震えていた。瞳はぎらぎらと炎が燃え立つようだった。あまりにも数々の不幸に見舞われたために、その身体も精神も苦しみで萎えしぼむかのようにみえた。

「ここに暴行の跡があります」じっと死体を見据え、するどく観察しながら、医者が繰り返した。

「たしかに！」と、婦人が応えた。

「この人は殺されたのです」

「だから、神様にお願いして、彼を診ていただきたかったのです」思いを込めて、婦人がいった。「無慈悲に、冷酷に殺害したのです！」

「だれが？」婦人の腕を摑んで、医者がいった。

「ご覧になってください、無慈悲なお役人の残した印を。それから、そのわけをきいてくださいな！」彼女は応えた。

医者は男の顔をうつむけにして、死体の上にかがみ込んだ。ベッドに横たわった男の全身が、窓からの光ですっかり見えていた。喉がはれあがり、青黒い跡がぐるりと印されていた。何があったのか、はっきりと閃くものがあった。

「これは、今朝吊るされた者たちの一人だ！」彼はそう叫ぶと、肩を起こして後ずさりした。

「そうです」と、冷たい声で、あらぬところを見つめながら、婦人が応えた。

「彼は、一体だれなんですか？」医者が訊《たず》ねた。

「私の息子、息子です」婦人はこういうと、意識を失って倒れた。

それは事実だった。この男と同罪の仲間は証拠不十分で放免されたが、彼は死刑を宣告されていて、そして刑が執行されたのだった。事件の一部始終を語るのは、もうずいぶんと昔のことなので、今さら必要ないだろうし、まだ生きている事件の関係者を再び苦しめるだけだろう。

話といっても、どこにでもあるようなものだった。母親は未亡人で、親しい友もなく金もなかった。父親を失った息子を満足に養えなかった。息子は母親の祈り願いもものかは、絶えず母親に心配をかけ、母が自分が餓死してもよいからと食をつめているのに、それを知っても知らぬ顔で、浪費と犯罪の道にはまり込んでいった。その結果が、このありさまだった。ついに死刑執行人の手にかけられて死んだ。母親はそれを恥じた。そして、二度と正気に戻らなかった。

この事件があってからだいぶ年月がたった。世間には儲かる仕事、辛い仕事、さまざまな生活があって、人々はあの哀れな親子がいたことなどすっかり忘れてしまっていたが、この間毎日、我らが若き開業医は罪のない狂った婦人を訪れていた。やさしく側にいてやるだけでなく、彼女の生活苦をいくらかでも和らげようと、それが安らぎをもたらし支えとなるならばと、惜しみなく手を差し伸べ、金銭的な援助もしていた。

彼女の亡くなる少し前のことだったが、つかの間ではあったが、意識が戻り記憶が甦ったときがあった。この貧しい、親しい友もない婦人の唇に、若き開業医の幸せと神の庇護を願う、死を前にした熱烈な祈りがささやくような声となって、ふつふつと湧きあがってきた。

祈りは天に届き、聞き入れられた。物心とも惜しみなく彼女に与えた彼の助けは、千倍になって返ってきた。いつか身分も地位も備わり、十分な資力も蓄えたのだったが、数々の名誉を得ても、彼にとってはこの黒いヴェールの婦人との思い出に勝る、心から懐かしく思える思い出は他になかった。

（原題 The Black Veil　一八三六年に刊行した『ボズのスケッチ』第一集のために、新たに書き下ろしたもの。）

ボズのスケッチ　短篇小説篇(上)　〔全2冊〕
ディケンズ作

2004年1月16日　第1刷発行
2017年7月14日　第4刷発行

訳　者　藤岡啓介《ふじおかけいすけ》

発行者　岡本　厚

発行所　株式会社　岩波書店
〒101-8002　東京都千代田区一ツ橋2-5-5
案内 03-5210-4000　営業部 03-5210-4111
文庫編集部 03-5210-4051
http://www.iwanami.co.jp/

印刷・精興社　製本・牧製本

ISBN 4-00-322294-6　　Printed in Japan

読書子に寄す

――岩波文庫発刊に際して――

岩波茂雄

真理は万人によって求められることを自ら欲し、芸術は万人によって愛されることを自ら望む。かつては民を愚昧ならしめるために学芸が最も狭き堂宇に閉鎖されたことがあった。今や知識と美とを特権階級の独占より奪い返すことはつねに進取的なる民衆の切実なる要求である。岩波文庫はこの要求に応じそれに励まされて生まれた。それは生命ある不朽の書を少数者の書斎と研究室とより解放して街頭にくまなく立たしめ民衆に伍せしめるであろう。近時大量生産予約出版の流行を見る。その広告宣伝の狂態はしばらくおくも、後代にのこすと誇称する全集がその編集に万全の用意をなしたるか。千古の典籍の翻訳企図に敬虔の態度を欠かざりしか。さらに分売を許さず読者を繋縛して数十冊を強うるがごとき、はたしてその揚言する学芸解放のゆえんなりや。吾人は天下の名士の声に和してこれを推挙するに躊躇するものである。このときにあたって、岩波書店は自己の責務のいよいよ重大なるを思い、従来の方針の徹底を期するため、すでに十数年以前より志して来た計画を慎重審議この際断然実行することにした。吾人は範をかのレクラム文庫にとり、古今東西にわたって文芸・哲学・社会科学・自然科学等種類のいかんを問わず、いやしくも万人の必読すべき真に古典的価値ある書をきわめて簡易なる形式において逐次刊行し、あらゆる人間に須要なる生活向上の資料、生活批判の原理を提供せんと欲する。この文庫は予約出版の方法を排したるがゆえに、読者は自己の欲する時に自己の欲する書物を各個に自由に選択することができる。携帯に便にして価格の低きを最主とするがゆえに、外観を顧みざるも内容に至っては厳選最も力を尽くし、従来の岩波出版物の特色をますます発揮せしめようとする。この計画たるや世間の一時の投機的なるものと異なり、永遠の事業として吾人は微力を傾倒し、あらゆる犠牲を忍んで今後永久に継続発展せしめ、もって文庫の使命を遺憾なく果たさしめることを期する。芸術を愛し知識を求むる士の自ら進んでこの挙に参加し、希望と忠言とを寄せられることは吾人の熱望するところである。その性質上経済的には最も困難多きこの事業にあえて当たらんとする吾人の志を諒として、その達成のため世の読書子とのうるわしき共同を期待する。

昭和二年七月

《イギリス文学》〔赤〕

ユートピア　トマス・モア　平井正穂訳
完訳カンタベリー物語　全三冊　チョーサー　桝井迪夫訳
ヴェニスの商人　シェイクスピア　中野好夫訳
ジュリアス・シーザー　シェイクスピア　中野好夫訳
十二夜　シェイクスピア　小津次郎訳
ハムレット　シェイクスピア　野島秀勝訳
オセロウ　シェイクスピア　菅泰男訳
リア王　シェイクスピア　野島秀勝訳
マクベス　シェイクスピア　木下順二訳
ソネット集　シェイクスピア　高松雄一訳
ロミオとジューリエット　シェイクスピア　平井正穂訳
リチャード三世　シェイクスピア　木下順二訳
対訳シェイクスピア詩集 —イギリス詩人選(1)　柴田稔彦編
失楽園　全二冊　ミルトン　平井正穂訳
ロビンソン・クルーソー　全二冊　デフォー　平井正穂訳
ガリヴァー旅行記　スウィフト　平井正穂訳

ジョウゼフ・アンドルーズ　全二冊　フィールディング　朱牟田夏雄訳
ウェイクフィールドの牧師 —むだばなし　ゴールドスミス　小野寺健訳
幸福の探求 —アビシニアの王子ラセラスの物語　サミュエル・ジョンソン　朱牟田夏雄訳
対訳バイロン詩集 —イギリス詩人選(8)　笠原順路編
対訳ブレイク詩集 —イギリス詩人選(4)　松島正一編
ブレイク詩集　寿岳文章訳
ワーズワース詩集　田部重治選訳
対訳ワーズワス詩集 —イギリス詩人選(3)　山内久明編
アイヴァンホー　全二冊　スコット　菊池武一訳
高慢と偏見　全二冊　ジェーン・オースティン　富田彬訳
説きふせられて　ジェーン・オースティン　富田彬訳
エマ　全二冊　ジェーン・オースティン　工藤政司訳
シェイクスピア物語　全二冊　チャールズ・ラム　メアリー・ラム　安藤貞雄訳
対訳テニスン詩集 —イギリス詩人選(5)　西前美巳編
デイヴィッド・コパフィールド　全五冊　ディケンズ　石塚裕子訳
ディケンズ短篇集　小池滋　石塚裕子訳
オリヴァ・ツウィスト　全二冊　ディケンズ　本多季子訳

大いなる遺産　全二冊　ディケンズ　石塚裕子訳
鎖を解かれたプロメテウス　シェリー　石川重俊訳
対訳シエリー詩集 —イギリス詩人選(9)　アルヴィ宮本なほ子編
ジェイン・エア　全二冊　シャーロット・ブロンテ　河島弘美訳
嵐が丘　全二冊　エミリー・ブロンテ　河島弘美訳
クリスチナ・ロセッティ詩抄　入江直祐訳
教養と無秩序　マシュー・アーノルド　多田英次訳
ハーディ　テス　全二冊　井上宗次　石田英二訳
ハーディ短篇集　井出弘之編訳
緑の館 —熱帯林のロマンス　ハドソン　柏倉俊三訳
宝島　スティーヴンスン　阿部知二訳
ジーキル博士とハイド氏　スティーヴンスン　海保眞夫訳
プリンス・オットー　スティーヴンスン　小川和夫訳
新アラビヤ夜話　スティーヴンスン　佐藤緑葉訳
若い人々のために　他十一篇　スティーヴンスン　岩田良吉訳
バラントレーの若殿　スティーヴンスン　海保眞夫訳
マーカイム・壜の小鬼　他五篇　スティーヴンスン　高松雄一　高松禎子訳

- 怪談 —不思議なことの物語と研究　ラフカディオ・ハーン　平井呈一訳
- 心 —日本の内面生活の暗示と影響　ラフカディオ・ハーン　平井呈一訳
- サロメ　ワイルド　福田恆存訳
- 人と超人　バーナド・ショー　市川又彦訳
- ヘンリ・ライクロフトの私記　ギッシング　平井正穂訳
- 闇の奥　コンラッド　中野好夫訳
- コンラッド短篇集　中島賢二編訳
- 対訳 イェイツ詩集　高松雄一編
- 月と六ペンス　モーム　行方昭夫訳
- 読書案内 —世界文学　W・S・モーム　西川正身訳
- 世界の十大小説 全二冊　W・S・モーム　西川正身訳
- 人間の絆 全三冊　モーム　行方昭夫訳
- 夫が多すぎて　モーム　海保眞夫訳
- サミング・アップ　モーム　行方昭夫訳
- モーム短篇選 全二冊　行方昭夫編訳
- お菓子とビール　モーム　行方昭夫訳
- ダブリンの市民　ジョイス　結城英雄訳

- ロレンス短篇集　河野一郎編訳
- 荒地　T・S・エリオット　岩崎宗治訳
- 悪口学校　シェリダン　菅泰男訳
- パリ・ロンドン放浪記　ジョージ・オーウェル　小野寺健訳
- 動物農場 —おとぎばなし　ジョージ・オーウェル　川端康雄訳
- 対訳 キーツ詩集 —イギリス詩人選(10)　宮崎雄行編
- 深き淵よりの嘆息 —『阿片常用者の告白』続篇　ド・クインシー　野島秀勝訳
- 20世紀イギリス短篇選 全二冊　小野寺健編訳
- イギリス名詩選　平井正穂編
- 中世イギリス英雄叙事詩 ベーオウルフ　忍足欣四郎訳
- タイム・マシン 他九篇　H・G・ウエルズ　橋本槇矩訳
- モロー博士の島 他九篇　H・G・ウエルズ　橋本槇矩　鈴木万里訳
- トーノ・バンゲイ 全二冊　ウェルズ　中西信太郎訳
- 回想のブライズヘッド 全二冊　イーヴリン・ウォー　小野寺健訳
- 愛されたもの　イーヴリン・ウォー　中村健二　出淵博訳
- 白衣の女 全三冊　ウィルキー・コリンズ　中島賢二訳
- 夢の女・恐怖のベッド 他六篇　ウィルキー・コリンズ　中島賢二訳

- 対訳 英米童謡集　河野一郎編訳
- 完訳 ナンセンスの絵本　エドワード・リア　柳瀬尚紀訳
- 灯台へ　ヴァージニア・ウルフ　御輿哲也訳
- 夜の来訪者　プリーストリー　安藤貞雄訳
- イングランド紀行 全二冊　プリーストリー　橋本槇矩訳
- アーネスト・ダウスン作品集　南條竹則編訳
- スコットランド紀行　エドウィン・ミュア　橋本槇矩訳
- 狐になった奥様　ガーネット　安藤貞雄訳
- ヘリック詩鈔　森亮訳
- たいした問題じゃないが —イギリス・コラム傑作選　行方昭夫編訳
- 英国ルネサンス恋愛ソネット集　岩崎宗治編訳
- 文学とは何か —現代批評理論への招待 全二冊　テリー・イーグルトン　大橋洋一訳

《アメリカ文学》〔赤〕

- ギリシア・ローマ神話 付インド・北欧神話　ブルフィンチ　野上弥生子訳
- 中世騎士物語　ブルフィンチ　野上弥生子訳
- フランクリン自伝　松本慎一　西川正身訳
- スケッチ・ブック 全二冊　アーヴィング　齊藤昇訳

アルハンブラ物語 全二冊　アーヴィング　平沼孝之訳
ウォルター・スコット邸訪問記　アーヴィング　齊藤　昇訳
ブレイスブリッジ邸　アーヴィング　齊藤　昇訳
完訳 緋文字　ホーソーン　八木敏雄訳
ホーソーン短篇小説集　坂下　昇編訳
哀詩 エヴァンジェリン　ロングフェロー　斎藤悦子訳
黒猫・モルグ街の殺人事件 他五篇　ポオ　中野好夫訳
対訳 ポー詩集 —アメリカ詩人選(1)　加島祥造編
黄金虫・アッシャー家の崩壊 他九篇　ポオ　八木敏雄訳
ポオ評論集　八木敏雄編訳
森の生活（ウォールデン） 全二冊　ソロー　飯田　実訳
市民の反抗 他五篇　H・D・ソロー　飯田　実訳
白鯨 全三冊　メルヴィル　八木敏雄訳
幽霊船 他一篇　ハーマン・メルヴィル　坂下　昇訳
草の葉 全三冊　ホイットマン　酒本雅之訳
対訳 ホイットマン詩集 —アメリカ詩人選(2)　木島　始編
対訳 ディキンソン詩集 —アメリカ詩人選(3)　亀井俊介編

不思議な少年　マーク・トウェイン　中野好夫訳
王子と乞食　マーク・トウェーン　村岡花子訳
人間とは何か　マーク・トウェイン　中野好夫訳
ハックルベリー・フィンの冒険 全二冊　マーク・トウェイン　西田　実訳
新編 悪魔の辞典　ビアス　西川正身編訳
ヘンリー・ジェイムズ短篇集　大津栄一郎編訳
大使たち 全二冊　ヘンリー・ジェイムズ　青木次生訳
ワシントン・スクエア　ヘンリー・ジェイムズ　河島弘美訳
荒野の呼び声　ジャック・ロンドン　海保眞夫訳
シカゴ詩集　サンドバーグ　安藤一郎訳
大地 全四冊　パール・バック　小野寺健訳
シスター・キャリー 全二冊　ドライサー　村山淳彦訳
響きと怒り 全二冊　フォークナー　平石貴樹・新納卓也訳
アブサロム、アブサロム! 全二冊　フォークナー　藤平育子訳
楡の木陰の欲望　オニール　井上宗次訳
日はまた昇る　ヘミングウェイ　谷口陸男訳
ヘミングウェイ短篇集 全二冊　谷口陸男編訳

怒りのぶどう 全三冊　スタインベック　大橋健三郎訳
ブラック・ボーイ —ある幼少期の記録 全二冊　リチャード・ライト　野崎　孝訳
オー・ヘンリー傑作選　大津栄一郎訳
アメリカ名詩選　亀井俊介・川本皓嗣編
20世紀アメリカ短篇選 全二冊　大津栄一郎編訳
孤独な娘　ナサニエル・ウェスト　丸谷才一訳
魔法の樽 他十二篇　マラマッド　阿部公彦訳
青白い炎　ナボコフ　富士川義之訳
風と共に去りぬ 全六冊　マーガレット・ミッチェル　荒このみ訳

岩波文庫の最新刊

谷川俊太郎編
まど・みちお詩集

童謡・少年詩というジャンルを超えて、現代詩全体の中で、一つの高い峯をなす、まど・みちお(一九〇九―二〇一四)のエッセンス。エッセイをふくめた一七二篇を精選。
〔緑二〇九―一〕 本体七四〇円

泉 鏡花
歌 行 燈

旅芸人の若者が酒をあおりつつ語るのは、芸で按摩を殺した因縁話。同刻、近くの旅宿では……。二つの場の語りが織りなす幽艶な世界。

(解説＝久保田万太郎、秋山稔)

〔緑二七―二〕 本体四八〇円

芥川竜之介
年末の一日・浅草公園 他十七篇

芥川の作風の転換期とされる中期から後期の作品十九篇を収録した。従来の形式や文体とは異なる作品を模索する芥川の姿が窺える。

(解説＝石割透)

〔緑七〇―一六〕 本体六〇〇円

ディケンズ／佐々木徹訳
荒 涼 館 (一)

「ジャーンダイス訴訟」。この呪われた裁判に巻き込まれた人びとの数奇な運命、相次ぐ事件。一九世紀英国の全体像をスリリングに描くディケンズの長篇。(全四冊)
〔赤二二九―一一〕 本体一一四〇円

……今月の重版再開……

ディケンズ／伊藤弘之、下笠徳次、隈元貞広訳
アメリカ紀行 (上)(下)
〔赤二二九―六・七〕 本体各一〇〇〇円

北原白秋
フレップ・トリップ
〔緑四八―七〕 本体九五〇円

芥川竜之介
大導寺信輔の半生・手巾・湖南の扇 他十二篇
〔緑七〇―八〕 本体七〇〇円